I Love Coffee

아이 러브 커피

커피스트 이장우의 사람 향기 가득한 커피 이야기

I Love Coffee

아이 러브 커피

이장우 지음

지유문고

Coffeist

Prologue

커피스트Coffeeist, 참으로 마음에 드는 말이다.

커피스트는 커피를 즐기고 사랑하는 사람이라는 뜻으로 내가 만든 말이다. 커피의 세계에 눈을 뜨기 시작했을 때부터, 커피를 전문으로 하지도 커피 업계에 종사하지도 않지만 나처럼 커피를 아끼고 사랑하는 사람을 표현할 수 있는 말이 없을까, 라는 고민을 해왔다.

그러던 어느 날 로맨티시스트Romanticist라는 단어가 떠올랐다.

낭만주의자나 낭만파를 이르는 로맨티시스트는 보통 자신이 사랑하는 사람에 대해 관심과 열정을 적극적으로 표현하는 사람들을 일컫는다. 그렇다면 커피에 대해 무한한 사랑과 열정을 가지고 있는 사람을 커피스트Coffeeist라 부르면 어떨까, 라는 생각을 하게 되었고, 2011년 12월 방송인 오종철 씨와 함께 KT 올레스퀘어광화문에서 진행한 '커피토크'에서 처음 커피스트로 나를 소개했다. 다행히도 많은 이들이 커피스트에 대한 동의를 표해왔다. 그렇게 나는 커피스트로서의 삶을 본격적으로 시작하게 되었다.

가슴 떨리는 첫 만남

나와 커피의 인연은 중학교 1학년 시절로 거슬러 올라간다.

친구 집엘 놀러갔는데 어머니가 인스턴트커피를 내주셨다. 지금은 좀 덜하지만, 어린 아이들이 커피를 마시는 것에 대해 부정적인 시각이 강했던 당시에 커피를 마시는 것은 학생으로서 일탈과도 같았다. 그래도 어른이 주시는데 거절할 수 없어서 마시게 되었는데, 그때가 커피와의 첫 만남이었다. 그 후 고등학생이 되어서 일명 '다방문화'로 대변되는 커피 세상을 경험하게 되었다.

당시의 다방은 현재의 커피전문점들과는 달리 유흥의 개념이 강했다. 고등학생들이 출입할 수 없는 유해구역과 같았다. 호기심이 강했던 청소년 시기에 다방문화라는 것이 무엇인지 궁금했고, 결국 친구들과 어울려 다방엘 가게 되었다.

그렇게 잠깐 맛본 다방문화는 나에게는 새로운 문화충격과 같았다. 테이블을 사이에 두고 커피를 마시며 자유롭게 이야기를 나누는 사람들의 모습이 흥미롭게 보였고, 도대체 커피를 마시며 나누는 이야기들이 무엇일지 궁금했다. 하지만 학생 신분으로 다시 다방문화를 체험하기란 쉽지 않았다. 그 후 커피를 마시는 것에 제약이 없는 성인이 된 후 커피는 일상이 되어 버렸고, 별다른 감흥을 가지기 어려웠다.

그러다 이메이션Imation 미국본사3M 근무 시절, 미니애폴리스Minneapolis에서 자주 마셨던 커피는 나로 하여금 커피의 매력에 빠지게 하는 계기를 만들어 주었다. 본사 근무는 나에게 많은 업무적 스트레스를 주었고 타국에서의 삶 또한 한국에서처럼 여유로울 수는 없었다. 이런 생활 속에서 커피는 나만의 시간을 가질 수 있는 작은 여유였다. 커피를 마시는 것을 자신의 삶에 있어 소소한 낭만과 일탈, 여유로 느끼는 것은 비단 나뿐만이 아닐 것이다.

이러한 모습은 영화 속에서도 나타난다. 2007년 개봉한 영화 〈좋지 아니한가〉에서는 대한민국 대표 아줌마의 모습을 보여주는 배우가 텅 빈 거실에서 혼자 커피를 마시는 장면이 등장한다. 재미있는 것은, 원두커피를 내리는 모습이다. 전문 기구를 사용하지 않고 체에 티슈를 얹어 그 위에 커피가루를 넣고 물을 부어 커피를 내린다. 이렇게 엉성하게 내린 커피를 마시며 배우는 말한다.

"첫 모금은 입안의 잔여물을 없애주지. 두 번째 모금으로 입안의 향이 퍼지게 한 다음, 세 번째 모금은 코로 향기를 함께 마셔봐."

커피를 내리는 모습은 전혀 전문가답지 않은데도 불구하고 배우의 대사는 전문가 못지않았다. 여기에서도 커피의 매력을 엿볼 수 있다. 커피는 가장 편안하게 느낄 수 있는 음료이고, 이를 통해 느끼는 감정은 스스로에게 위안이 되기도 하는 것이다.

내가 미니애폴리스에서 머물며 커피를 자주 즐겼던 이유도 여기에 있었다. 특히 나는 미니애폴리스의 커피전문점인 카리부커피Caribou Coffee와 던브로스커피Dunn Bross Coffee의 커피를 자주 마셨는데, 던브로스의 커피는 통에 담아서 회의를 할 때에도 마실 정도로 미국 생활에서 항상 함께하였다. 하지만 사람은 상황이 변함에 따라 생활도 변하기 마련이듯, 한국에 돌아와서는 미국에 있을 때만큼 커피를 즐기지는 않았다. 2009년 한국으로 다시 돌아왔을 때 한국은 커피 붐이 일어나고 있었고, 작은 커피점들보다는 스타벅스Starbucks와 같은 대형 프랜차이즈 전문점들과 인스턴트커피가 주를 이루고 있었다. 이러한 커피문화에 대해 매력을 느끼지도 못했고, 달리 관심을 가질 이유도 없었던 것이다.

매혹되어 버린 깊은 사랑

그러던 중 엉뚱하게도 2011년 7월부터
배우기 시작한 이탈리아어 수업 중에
내가 지금의 커피스트가 되는 계기
를 만나게 되었다. 수업은 다양한
이탈리아어 자료를 바탕으로 이루
어졌는데, 선생님이 하루는 'Espresso'와 관련된
자료로 수업을 진행하였다. 쉽게 접할 수 있는 단어이기도 하
고 그리 어려운 단어가 아니었던 'Espresso'. 선생님이 준비한
자료는 이런 에스프레소에 대한 글이었는데, 이탈리아어를 배
우기 위해 읽던 자료를 통해 나도 모르게 에스프레소의 매력
에 빠지게 된 것이다. 그 후 'Espresso'에 대한 자료를 찾아 공
부하기 시작했고, 자연스럽게 커피에 대한 자료들도 읽게 된
것이다.

　그리고는 발리로 떠나는 커피탐방Coffee Excursion을 계획했
다. 직접 커피 농장을 방문해보고 싶었기 때문이다. 무엇이든
먼저 큰 그림을 그리고 기초를 단단히 해야만 부실하지 않을
수 있다. 나는 커피에 대한 공부를 하기에 앞서 가장 기본이
되는 커피열매를 보지 않으면 안 된다는 생각을 하였다. 이런
경험은 후에 커피 명인들과 만나 커피에 대해 이야기를 나눌
때에도 큰 도움이 되었다. 이와 관련된 이야기들은 뒤에서 자

세하게 이야기하도록 하겠다.

　이렇게 커피 농장을 방문한 후에도 나는 계속해서 혼자 커피에 대한 공부를 하기 시작했다. 책, 논문, 해외 사이트 할 것 없이 닥치는 대로 찾아 읽고 조사하며 나름대로 커피 공부를 한 것이다.

함께한다는 행복

커피에 대한 자료를 수집하고 직접 농장을 방문하기까지 했지만 커피에 대한 배움은 끝이 없었다. 커피는 살아 있는 분야이기 때문이다. 한 잔에 담겨 있는 커피는 하나의 무기체로 보이지만 실은 유기체이다.

　한 잔의 커피는 커피나무를 농작하는 농부에서부터 로스팅(Roasting; 생두에 열을 가하여 볶는 공정), 블렌딩(Blending; 특성이 다른 두 가지 이상의 커피를 혼합하여 새로운 향미를 가진 커피를 창조하는 것), 추출Brewing의 단계를 거치면서 지니게 된, 수많은 사람들 땀과 열정과 삶의 이야기를 담고 있기 때문이다. 또한 한 잔의 커피 속에는 우리가 알지 못하는 수많은 이야기들이 담겨 있다. 흔히 하는 '시간 괜찮으면 커피 한잔 할까?'라는 말 속에 숨은 뜻이 내포되어 있듯이, 커피에는 살아 있는 이야기들이 가득하다. 그래서 생각한 것이 커피로 많은 사람들을 만나야겠다는 것이었다.

커피에 대한 전문가들을 만나는 것도 좋지만 나처럼 커피를 즐기는 사람들을 만나 함께 이야기를 나누어보고 싶은 마음에서 생각한 것이 '아이디어탐방&커피토크'였다. 홍익대학교 앞 '커피아지트'라는 카페에서 진행했는데, 젊은 친구들과 함께 커피에 대해 이야기를 나누는 일은 정말이지 흥미로웠다. 나처럼 커피를 사랑하고 즐기는 사람이 많다는 것도 그때 알게 되었다.

2011년 나는 미국으로 3주 동안 커피탐방 길에 오르게 되었다. 그리고 미국 스페셜티 커피의 메카를 모두 방문할 수 있었다. 최근 들어 스페셜티 커피에 대한 관심이 점점 높아져 가고 있는데, 스페셜티 커피Specialty Coffee란 1976년 프랑스 커피 국제회의에서 처음 쓰인 용어로, 그 표현이 널리 알려지게 된 것은 미국스페셜티커피협회SCAA, Specialty Coffee Association of America가 설립되면서부터이다. 이후 명확한 규정과 객관적인 선정 기준이 만들어졌고, 이를 통해 일정 점수 이상을 얻은 커피를 스페셜티 커피로 지칭하게 되었다.

시카고Chicago와 LA의 인텔리젠시아Intelligentsia, 시애틀 Seattle의 에스프레소 비바체Espresso Vivace, 포틀랜드Portland의 스텀프타운Stumptown, 샌프란시스코San Francisco의 블루보틀 Blue Bottle과 리추얼Ritual, 포배럴Four barrel에 들려 많은 전문 가들을 만났으며, 포틀랜드 ABC커피 스쿨에서는 일주일 동안

미국 포틀랜드 ABC커피 스쿨의 바리스타 자격증

교육을 받고 미국 바리스타 자격증도 받았다. 특히나 커피탐방을 하면서 커피를 사랑한다는 공통점만으로 공짜 커피를 여러 곳에서 얻어 마실 수 있었다. 그중 한 곳인 인텔리젠시아는 스페셜티 커피의 진정한 품질과 더불어 바리스타의 로망과 자긍심을 이끌어가는 주목할 만한 기업이다.

인텔리젠시아의 창립자이자 CEO인 더그 젤Doug Zell은 1995년 시카고 레이크뷰의 어느 한적한 거리에 작은 로스터리 카페를 열었다. 러시아어로 지식인, 지식계급을 뜻하는 '인텔리겐차'를 차용한 '인텔리젠시아 커피&티'의 시작이었다.

더그 젤은 위스콘신 주 밀워키 북부의 작은 마을인 화이트피시베이 출신으로 대학에서 역사학을 전공한 후 일본계 전자 회사에서 세일즈맨으로 일했다. 하지만 자신의 직업에 만족하지 못하고, 1989년 캘리포니아로 건너가 동료와 함께 음료 유통 사업을 시작했다. 그러나 이는 실패로 끝났다. 하지만 실패의 순간 더그 젤은 커피시장에 지각변동이 일어나고 있음을 감지했다. 그리고 맛있는 커피를 위한 더그 젤의 열정으로 로스터리 카페 인텔리젠시아가 문을 열게 되었다. 처음에는 직원이 10명이 되지 않은 작은 기업으로 시작했지만 마침내 미국 내 700개 이상의 커피전문점에 원두를 공급하는 기업으로 성장했다. 시카고와 샌프란시스코, LA에 있는 로스팅 공장은 각 도시에 위치한 인텔리젠시아 매장에 공급할 원두의 품질을 안정적으로 유지할 수 있도록 한다. 아울러 인텔리젠시아는 미국 내 레스토랑과 카페에 원두를 유통하는 B2B 사업도 하고 있다.

나는 커피 아이디어탐방 중 인텔리젠시아 밀레니엄 파크 매장을 방문했다. 커피 한 잔을 주문하고 서울에서 시카고로 커피를 배우기 위해 왔다고 하니, 커피 값을 받지 않겠다고 하며 자신들의 커피 사랑에 대한 이야기를 멈추지 않았다. 그 자체로 함께 나누는 커피였던 것이다. 게다가 다음 날은 직접 인텔리젠시아 본사와 로스트 공장을 방문할 수 있는 기회도 얻을 수 있었다. 이후 한국으로 돌아와 커피 관련 일들을 하던 중, 미국 인텔리젠시아로부터 연락을 받았다. 한국 시장을 해외 시장 진출의 교두보로 삼고 싶다며, 한국 파트너를 찾을 수 있도록 비즈니스 미팅을 하자는 것이었다. 당시 여러 회사와 접촉하며 미팅을 했지만 안타깝게도 조건이 맞지 않아 인텔리젠시아의 한국 진출은 연기되고 말았다. 미국에서 느꼈던 나눔을 나 또한 전하고 싶었는데 쉽게 이루어지지 않았던 것이다.

시애틀에 있는 에스프레소 비바체Espresso Vivace는 데이비드 쇼머David Schomer가 운영하고 있다. 그는 보잉항공사의 계측담당 엔지니어였는데 커피에 빠져 원조 에스프레소를 배우러 이탈리아까지 다녀온 사람이다. 매장을 5~6개 이상 늘리지 않고 품질을 중요시하는 특별한 철학을 가지고 있는 사람으로, 커피의 온도를 항상 일정하게 유지하여 0.1도도 어긋나면 안 된다는 원칙도 가지고 있다. 정말이지 커피를 과학의 경지로 끌어올린 혁신가이다.

이런 사람들과 나눈 대화는 나에게는 너무나도 값진 배움인 동시에 살아 있는 경험이었다. 샌프란시스코에 위치한 블루보틀Blue Bottle에서는 주문하는 데 20분이나 걸릴 정도로 손님들이 많았다. 서울에서 커피탐방을 왔다고 했더니 모두들 와서 한마디씩 말을 건네며 친근하게 대해주었다. 이렇듯 사람들 속에 존재하고 있기에 커피는 살아 있는 유기체가 될 수 있

Life begins after coffee

커피가 먼저, 인생은 그 다음.

는 것이다. 커피 한 잔을 앞에 두기만 하면 어느새 서로 친구가 되어 자연스럽게 이야기를 나눌 수 있는 것도 커피가 가지고 있는 매력 중 하나일 것이다.

이러한 매력은 2015년 8월, 이탈리아의 카페 디엠메Caffe Diemme에서도 느낄 수 있었다. 커피탐방을 위해 이탈리아로 떠났고, 그중에서도 이탈리아를 대표하는 세계적인 커피 로스터리를 방문했다. 카페 디엠메는 3대째 그 역사와 전통을 이어가며 자신들만의 커피 철학을 펼치고 있는 곳이다. 카페 디엠메는 이탈리아 북부 파도바Comune di Padova에 위치하고 있다. 베네치아에서 기차로 20여 분 거리에 있는 카페 디엠메는 6층짜리 사옥과 한국의 소규모 로스터리들과는 달리 상당한 규모의 회사와 공장을 갖추고 있다. 그곳에 방문했을 때 미켈라와 스테파니 두 사람이 공장 투어와 함께 친절한 설명을 해주었다. 낯선 이방인이지만 커피라는 공통분모를 가지고 있다는 것만으로 그들은 친절을 베풀어준 것이다. 이 또한 커피가 가지고 있는 매력임이 분명하다.

나누면서 더욱 커지는 사랑

앞에서 말했듯이 나는 커피스트로서 커피에 대한 사랑과 열정을 나누고자 이 책을 썼다. 때문에 이 책은 커피로 창업을 하고자 하는 사람들을 위한 지침서나 전문서적은 아니다. 나는 지금 시대에 나를 비롯하여 많은 커피스트들이 있고, 그들이 왜 그리도 커피를 사랑해 마다하지 않는지, 즉 커피를 통한 새로운 삶에 대해 이야기하고자 한다. 작가로서 커피에 대한 이야기를 하는 것이 아니라, 내가 지금까지 만난 커피 명장들과 커피로 인연을 맺게 된 사람들, 그리고 〈포커스Focus〉 신문의 '이장우 박사의 커피토크'의 인터뷰어로 만났던 사람들의 이야기를 통해 커피와 삶의 이야기를 전하고자 한다. 아울러 커피에 대한 사랑과 관심이 내가 커피스트를 넘어 커피컨설턴트로 활동할 수 있도록 했던 매력을 함께 나누고자 한다. 즉 작가가 아닌 큐레이터Curator로서 이야기하고 싶은 것이다.

소셜 미디어 시대에는 콘텐츠를 만들어 내는 것보다 큐레이트Curate하는 능력이 더욱 중요하다. 이미 정보는 너무나 방대한 시대이다. 커피에 대한 정보도 마찬가지다. 오히려 너무 많

기 때문에 처음 커피에 관심을 가지게 되는 사람은 어떤 정보
부터 접해야 할지 고민스러울 정도이다. 앞서 이야기한 것처
럼 나는 커피스트로서 커피를 업으로 삼고 있는 사람이 아니
다. 그럼에도 불구하고 내가 이렇게 커피에 빠져들 수 있었던
것은 '커피'만이 가지고 있는 독특한 특성들 때문이다. 나는 그
특성들을 나름의 기준에 따라 정리하고, 아울러 그동안 수집
한 자료와 경험을 바탕으로 많은 사람들과 나누고자 한다.

Coffee is Life.
커피가 바로 인생이다.

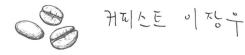 커피스트 이정우

Coffeeing

Coffee+Talk

Coffeeing

"Black as the devil, Hot as hell, Pure as an angel, Sweet as the love."

커피에 대한 설명 중 이처럼 명쾌하고도 예찬적인 표현은 없으리라 생각한다.

이는 프랑스의 정치가이자 작가인 샤를모리스 드 탈레랑 Charles Maurice de Talleyrand, 1754~1838이 한 말이다. 악마처럼 검고, 지옥처럼 뜨겁고, 천사처럼 순수하며, 사랑처럼 달콤한 것이 바로 커피이다. 내가 특히나 샤를모리스의 말에 동의하는 이유는 커피의 다양하고 변화무쌍한 모습을 한 번에 보여주는 표현이기 때문이다.

커피는 천의 얼굴을 가지고 있다. 커피를 업으로 삼는 사람에게 커피는 인생 그 자체와 같을 것이고, 나와 같이 커피를 즐기는 사람에게 커피는 기쁨이자 행복으로 다가온다. 또한 어떤 상황에서, 누구와 마시느냐에 따라서 각자가 느끼는 커피는 모두 다를 것이다. 내가 이 책을 쓰는 이유도 이러한 다양한 모습의 커피에 대한 여러 사람의 이야기를 모아 들려주

고 싶었기 때문이다. 이를 통해 독자들도 자기 나름대로의 '커피'에 대한 생각을 가지게 되길 바란다.

자연스럽게, 이처럼 다양하고 풍부한 커피에 대한 이야기를 어떻게 정리하면 좋을까, 라는 고민을 하게 되었다. 나는 'C.O.F.F.E.E'로 커피에 대한 이야기를 풀어보고자 한다. 어찌되었건 커피 세상의 기본은 '커피'이고, 기존의 커피 전문서적이나 취미를 위한 책 등과 같이 한 쪽으로 치우치지 않는 글을 독자들에게 전달하고 싶기 때문이다.

커피스트 이장우가 생각하는 'C.O.F.F.E.E'는 Connector, Open ecosystem, Fusion, Form, Education, Everywhere이다.

Connector, 커피는 연결고리이다. 커피는 사람 사이의 만남을 이어주는, 우리에게는 가장 친숙한 음료 중 하나이다.

Open ecosystem, 커피는 '열린 생태계' 시장이다. 커피를 업으로 삼고 있는 전문가부터 커피전문점 창업자, 프랜차이즈 전문가, 그리고 취미로 커피를 하고 있는 사람, 나와 같이 커피를 즐기는 사람들까지 많은 사람들이 존재하는 곳이 바로

커피시장이다. 특이한 것은 이 시장에서는 누가 선두를 달리고 있든지 독보적인 1등은 존재하지 않는다는 점이다. 들어가면 갈수록 매력으로 가득 차 있는 것이 바로 커피다.

Fusion, 커피는 융·복합을 가장 잘 느낄 수 있는 분야이다. 우유, 계란, 초콜릿, 술 등 음료로의 퓨전도 다양할 뿐 아니라, 나양한 분야 간의 융·복합이 가능한 것도 커피이다. 베이커리, 꽃, 음식 등에서부터 전혀 어울릴 것 같지 않은 된장까지 융·복합을 통한 무한한 가능성을 가지고 있는 분야가 바로 커피이다.

Form, 커피는 퓨전을 통해 수많은 형태를 만들어 낼 수 있다. 여기에 국가 간의 문화교류를 통해 만들어지는 새로운 '커피 문화'는 또 다른 형태의 커피를 볼 수 있게 한다.

Education, 커피는 단순히 기술로만 만들어지지 않는다. 특히 우리나라에서 커피가 이토록 빠른 시간에 발달할 수 있었던 데에는 커피교육도 한몫을 했다. 전문가들에서부터 취미로 커피를 즐기는 사람에 이르기까지, 모두 만족할 수 있는 커피교육이야말로 우리나라 커피시장이 성장하는 원동력이 된 것이다.

Everywhere, 커피는 이미 기호식품에서 일상적인 음료로 자리 잡았다. 골목에서 열 발자국 사이에 즐비해 있는 커피전문점에서부터 이제는 집, 회사 어느 곳 할 것 없이 자신이 원하기만 하면 커피를 즐길 수 있게 되었다.

쉽게 접할 수 있는 만큼 많은 사람들이 커피에 대해 잘 알고 있다고 생각하지만 실제로는 전혀 그렇지 않다. '커피토크 Coffee+Talk' 강연을 통해 커피에 대한 다양한 이야기를 들려주면 청중들의 반응은 언제나 같았다. '이제야 커피에 대해 다소나마 알게 되었고, 커피라는 것은 정말이지 끝을 알 수 없을 만큼 무한한 매력을 가지고 있다'고 말이다. 이제 지금까지 내가 보고 겪고 만나고 느끼고 공부한 커피세계의 무한한 매력을 들려주고자 한다.

1) C.O.F.F.E.E–Connector

'아, 커피의 감미로움이란!
수천 번의 키스보다 달콤하고 머스카텔 와인보다 부드
러운 커피!
커피, 커피를 마셔야 해.
내게 즐거움을 주려거든 제발 나에게 커피 한 잔을 따라
줘요!'

1732년, 바흐Johann Sebastian Bach, 독일 음악가가 작곡한「커피
칸타타The Coffee Cantata」아리아의 첫 구절이다. 원곡의 제목
은「Schweigt stille, plaudert nicht(가만히 입 다물고 말하지 말
아요)」인데「커피 칸타타」라는 제목으로 더 유명하다. 커피에
중독된 듯 보이는 딸과 이를 못마땅하게 여기는 아버지의 이
야기로 진행된다. 아버지는 딸에게 해로운 커피를 마시지 말
라고 잔소리를 계속하지만 딸은 결코 아버지의 뜻을 받아들이
지 않는다. 결국 아버지는 딸에게 커피를 끊지 않으면 시집을
보내지 않겠다고 협박을 하게 되고 딸은 커피를 마시지 않겠
다고 거짓 약속을 하며 당장 신랑을 보여달라고 이야기한다.
그리고 딸은 자기와 결혼할 사람은 언제든 원한다면 커피를
마실 수 있도록 하겠다는 내용을 결혼계약에 몰래 써넣는다.

위 아리아는 딸이 커피를 얼마나 좋아하는지에 대해 이야기하는 내용으로, 자신의 즐거움은 곧 커피를 마시는 것이라고 하며 커피에 대한 예찬을 마다하지 않는다. 바흐가 이 곡을 작곡할 당시 독일에서는 커피가 크게 유행하고 있었다. 아울러 커피하우스에서는 소규모 공연도 성황을 이루었는데, 바흐의 「커피 칸타타」 역시 공연을 목적으로 탄생한 작품이다.

그 당시 커피 문화를 좀 더 살펴보면, 독일의 라이프치히Leipzig에서는 가정에서 커피를 즐기는 것은 물론이고 시내의 커피하우스는 커피와 담소를 즐기려는 사람들로 가득했다. 말 그대로 커피하우스가 사람들의 사교장이 되었던 것이다. 이는 지금의 모습과 크게 다르지 않다. 사람들은 커피를 마시기 위함도 있지만, 달리 다양한 목적을 가지고 커피전문점을 찾는다. 이때 커피는 단순히 음료가 아닌 연결고리Connector의 역할을 하고 있는 것이다.

음료를 넘어 새로운 매개체가 되다

'커피 세리머니Coffee Ceremony'에 대해 들어본 적이 있는가?

여기서 '세리머니'는 운동선수들이 득점 후 보이는 화려한 세리머니가 아닌, 에티오피아Ethiopia 말로 '분나 마프라트'라고 불리는 에티오피아의 오래된 관습이다. 분Bun, Buni은 에티오피아 말로 커피를 말하며, 손님과의 특별한 우정을 나누는 매개체로 여긴다.

　에티오피아는 커피의 나라인 만큼 집에 손님이 방문하면 가장 먼저 커피를 대접하는데, 특이한 것은 한 잔의 커피를 대접하는 것이 아니라 세 번에 걸쳐 작은 잔에 커피를 대접한다는 점이다. 여기에는 손님에 대한 축복을 비는 환영의 의미가 내포되어 있다. '커피 세리머니'는 손님에게 최고의 예의를 표하는 하나의 의식인 것이다. 그리고 이것이야말로 커피가 가지고 있는 특징인 연결고리Connector의 역할을 제대로 보여주는 예가 아닐 수 없다. 서로의 축복을 위해서, 때로는 슬픔을 나누는 방법으로 커피를 대접하고 대접받는 이들은 커피를 통해 마음을 주고받는다.

　그래서일까, 1년 중 약 9개월 정도를 아프리카에서 생활하면서 에티오피아에 자신의 커피농장을 가지고 있는 농장주 비니엄 홍m.beniam.cafe24.com은 이런 '커피 세리머니'를 중요하게 여긴다. 나도 그를 통해 '커피 세리머니'를 대접받을 수 있었다. 비니엄 홍은 '비니엄 인 아프리카'를 운영하고 있다. 1년의 대부분을 아프리카에서 보내고 있는 자신을 정확히 나타내는 너무나도 적절한 상호명이 아닐 수 없다. 그는 자리를 비울 때에도 제자에게 '커피 세리머니'를 꼭 당부한다고 한다. 비록 직접 만나 이야기를 나누지 못하더라도 자신을 보러 온 손님들에게 커피를 통해 자신의 마음을 전하는 것이 아닐까 생각한다. "한 잔의 커피를 마시는 것도 중요하겠지만, 그보다 커피를 매개로 상대방과 나누는 소통이 더 중요한 것이 아니겠습니까?"라는 비니엄 홍의 말은 내 생각을 그대로 대변해 주는 말이다.

이렇듯 커피는 새로운 만남의 자리에서도 유용한 매개체로 작용하고, 친목도모를 위한 자리에서도 편안한 분위기로 유도하는 연결고리가 되어준다. 밥을 먹기 위해 식당을 찾고, 몸이 아프면 병원이나 약국을 찾는 것과 달리 커피전문점은 커피만을 마시기 위해서보다는 다양한 이유로 찾게 되니, 커피는 새로운 세계로의 연결을 위한 매개체가 되어주고 있는 것이다. 이렇게 커피를 음료에서 발전된 '연결고리'로 생각하는 사람이 있다. 바로 비다스테크vidastech.wixsite.com의 방정호 대표이다. 방 대표를 처음 만났을 때 그는 바리스타로 왕십리에서 '라카페La Caffe'를 운영하고 있었다. 당시 그는 커피에 대해 이렇게 이야기했다.

"커피는 연결고리이고, 그 연결고리가 얼마나 유기적으로 연결되느냐가 스페셜티를 결정하는 것 같다."

이런 방 바리스타의 '라카페'는 이미 커피 마니아들 사이에서는 아지트와도 같은 곳으로 인식되어 있었다. 에스프레소와 이탈리아 음식이 있는 곳이니 자연스럽게 사람들이 모여들었기 때문이기도 하지만, 그가 카페를 단순히 커피를 마시고 즐기는 곳이 아닌 커피에 관한 커뮤니티 공간으로 생각한 것도 한 몫을 하였다.

카페라는 곳은 '입의 욕구'와 '정신의 욕구'를 모두 충족시킬 수 있는 곳이 되어야 한다. 뛰어난 커피 맛으로 '입의 요구'를 충족시키면서 아울러 카페라는 공간에서 '정신의 욕구'를 충족시켜 새로운 영감을 얻으며 창조와 창의가 샘솟는 공간으로의 모습이 필요하다. 즉, 카페는 연결고리Connector들로 엮인 사람들을 위한 공간인 것이다. 방정호 바리스타는 이러한 두 가지 욕구를 만족시킬 수 있도록 하기 위해 자신이 속해 있는 커피 모임을 자신의 카페에서 하고 있다. 때문에 자연스럽게 국내의 바리스타들과 바리스타 지망생들이 방 바리스타를 중심으로 모여들고 있으며, 그 외에도 사람들은 그들과 정보를 공유하기 위해 '라카페'를 찾고 있는 것이다.

이렇게 '정신의 욕구'를 충족시키면서 한편으로 '입의 욕구'를 위해 방 바리스타는 에스프레소 머신에 주목했다. 그는 로스터로서의 능력을 충분히 가지고 있음에도 본인의 카페에서 사용하는 원두를 국내의 '커피리브레Coffee Libre', '모모스MOMOS' 등 4군데 커피전문점을 통해 공급받고 있었다. 커피에 대한 모든 일을 할 수 있음에도 시장 내 경쟁자라고 생각될 수 있는 커피전문점들과 협업을 하고 있는 것인데, 이를 통해 그는 커피를 만드는 것에 전력을 다하고 전통적인 이탈리아식 에스프레소 커피를 추출하는 에스프레소 머신에 집중할 수 있었다.

에스프레소 머신은 현재 우리가 쉽게 접하는 대부분의 커피 전문점들에서 사용하고 있는 커피장비로, 모든 커피의 기본이 되는 에스프레소를 추출하는 장비이다. 때문에 바리스타라면 누구나 탐낼 만한 고가의 에스프레소 머신을 그곳에 가면 볼 수 있었다. 방 바리스타의 취미가 이런 에스프레소 머신을 모으는 것이라고 하니 그의 소장 리스트가 더욱 궁금해졌다.

이미 해외에서는 엔리코 말토니Enrico Maltoni가 에스프레소 머신을 자신의 개인 소장품으로 수집하여 이를 전시하는 행사도 하였다. 그가 보유하고 있는 에스프레소 머신 소장품은 100년이라는 시간을 거슬러 올라 초창기 때의 머신을 포함하고 있는데, 에스프레소 머신의 역사를 한 눈에 볼 수 있을 정도이다. 이런 에스프레소 머신은 그 자체만으로도 뛰어난 시각적 효과를 발휘한다. 또한 커피를 위해서는 꼭 필요한 장비 중 하나이다. 수많은 바리스타들이 이런 에스프레소 머신에 무한한 관심과 애정을 가지고 있음은 당연하겠다.

바리스타로 커피 로스터로 출발한 방정호 대표는 이제 한국에서 가장 유명한 수제 에스프레소 머신 개발자로, 그리고 생산자로 활약하고 있다. 아쉬운 점은 젊은 커피 마니아들의 장소였던 라카페를 더 이상 만날 수 없다는 것이다.

나 또한 미국과 한국에서 바리스타 수업과 커핑Cupping 수업에 참여하면서 에스프레소 머신의 매력에 푹 빠졌다. 사실 그때에 방정호 바리스타를 처음 만났다. 커피리브레Coffee Libre의 커핑 수업에서 사용했던 에스프레소 머신의 컨트롤 시스템이 바로 그의 작품이었던 것이다. 많은 바리스타들이 에스프레소 머신에 대한 정보를 방 바리스타를 통해 알아가고 있다고 하니, 그가 에스프레소 머신에 얼마나 많은 관심을 쏟고 있는지 알 수 있다.

이런 그가 현재 오직 수입에만 의존하고 있는 에스프레소 머신을 개발하기 위해 힘을 쏟고 있다. 방정호 바리스타를 통해 세계 커피시장에서 우리나라의 에스프레소 머신이 큰 역할을 하는 날이 그리 멀지 않았다는 기대를 하게 된다. 또한 엔리코 말토니와 방 바리스타의 소장품을 함께 전시하여 우리나라의 바리스타와 일반인들에게도 하나의 예술품과 같은 에스프레소 머신을 소개할 수 있는 날이 오리라 기대한다.

커피를 직접 만들고자 하는 사람에게 에스프레소 머신이 큰 관심거리라면, 커피를 마시는 것에 대한 즐거움을 크게 느끼는 사람에게는 커피잔이 새로운 이슈가 되지 않을까, 라는 생각을 하게 된다. 최근에는 재미있는 커피잔도 등장했다고 한다. 커피도 마시고 와플도 먹을 수 있도록 만들어진 와플콘 컵이 바로 그것이다. LA의 알프레드 커피&키친Alfred

Coffe&Kitchen에서 선보인 '알프레도 콘Alfred Cone'이라 불리는 이 먹는 커피잔은 커피잔 모양의 와플콘 가장자리에 밀크초콜 릿을 입혔다. 여기에 에스프레소나 마키아토를 담아 마신 후 에 컵을 씹어 먹으면 된다고 한다. 커피에 대한 관심이 높아지 면서 자연히 이와 관련된 다양한 아이디어들이 나오는 것이라 생각된다.

이처럼 커피는 단순히 기호식품이 아닌 하나의 문화이자, 하나의 산업이고 시장이다. 당연히 고객들의 입맛은 더욱 다 양해졌고 한 잔의 커피를 선택하는 데 있어서도 단순히 '커피' 가 아닌 '자신만의 커피'를 원하고 있다. 요사이 커피를 테이 크아웃 하여 들고 다니는 사람들의 손에서 대형 프랜차이즈 커피전문점 브랜드 잔이 아닌 각양각색의 잔들이 눈에 띄는 이유도 이 때문이다.

이러한 상황에서 자신들의 커피에 대한 자부심으로 당당하 게 '하루에도 몇 번씩 남들이 당신이 마시는 커피잔을 보는지 아십니까? 당신이 마시는 커피로, 당신을 평가하고 있습니다.' 라고 이야기하고 있는 곳이 있다. 바로 김기일 대표의 '커피라 디오coffeeradio.co.kr'이다. 커피라디오는 커피전문회사이다. 방 배동에서 시작해 지금은 성수동과 강원도 원주에서 운영 중 인 카페매장을 비롯하여, 로스팅을 직접 하며 60 여 개 커피전문점에 원두를 공급하고 있는 전문 로스터리이기도 하다. 현재는 9개 매장을 운영하고 있다고 한다.

김기일 대표는 단순히 커피 사업에만 그치지 않고 커피 문화 잡지를 만들었다. 2012년 7월 창간한 『커피룩』은 독특한 지면과 구성으로 인기를 끌면서 한국 커피 문화 형성에 상당히 기여했지만, 아쉽게도 2014년 8월을 끝으로 폐간되었다. 『커피룩』은 기존의 커피전문지와는 달리 바리스타를 위한 잡지를 지향하며 인디적인 느낌의 콘셉트concept로 기획되었다. 커피라디오는 '커피에 대한 열정과 헌신으로 많은 사람들과 함께 일하는 것을 즐기고 고객을 먼저 생각한다'라는 기업미션을 바탕으로 커피와 관련된 많은 일을 한다. 그리고 그 중심에는 김 대표가 있다.

그가 커피의 세계에 뛰어들게 된 것은 커피에 대한 궁금함 때문이었다고 한다. 커피라는 것이 무엇일까라는 물음으로 시작해서, 알면 알수록 더 많은 궁금증이 생겨나고 신기하게만 느껴진 '커피'로 인해 지금에까지 이르게 되었다고 한다. 커피를 음료로만 생각했다면 전혀 시작할 수 없었을 일들을 커피라디오를 통해 할 수 있는 것은, 커피가 새로운 매개체로써의 역할을 한다는 것을 김 대표가 이해했기 때문에 가능했던 것이다.

하지만 여기에서도 잊지 말아야 할 것은, 커피를 충분히 이해해야 한다는 점이다. 특히나 커피의 세계에 입문하여 성공을 바라고 있는 사람들이라면 더욱 더 커피에 대한 정확한 이해를 바탕으로 프로 정신을 함양해야 할 것이다.

커피와 바리스타를 연결하다

커피가 사람들 사이를 연결시켜주는 매개체가 되고 있다면, 이런 한 잔의 커피가 만들어질 수 있도록 커피 자체와 사람을 연결시켜주는 매개체도 있다. 바로 에스프레소 머신이다. 에스프레소 머신은 커피와 바리스타를 연결시켜주는 중요한 요소이다. 커피의 인기와 발전에 따라 자연스럽게 다양한 커피 추출 방법이 개발되었다.

19세기에 유럽에서 커피를 보다 많은 사람들에게 제공하고자 커피의 추출 속도를 높이기 위해 기계를 고안했는데, 그 결과로 만들어진 것이 에스프레소 머신이다. 1843년 프랑스인 에드워드 데산테Edward Loysel De Santais에 의해 고안되어 1855년 파리 만국박람회에 출품된 기계가 최초의 에스프레소 머신이라 할 수 있는데, 증기압으로 더운 물을 위로 밀어 올린 후 낙차로 더운 물의 중량을 이용해 타워 하부의 커피가루에 통하는 방법으로 커피를 추출했다. 짧은 시간에 많은 양의 커피를 추출할 수 있다는 매력을 가지고 있었지만 너무 크고 복잡하여 상용화되지는 못했다.

그 후 이를 발전시켜 새롭게 1901년에 이탈리인 베제라Luigi Bezzera가 증기압을 이용한 기계로 처음으로 특허를 취득했다. 베제라Bezzera는 에스프레소 머신을 이야기할 때 꼭 등장하는 브랜드인데, 이를 쉽게 기억하는 방법은 '배째라!'라고 기억하는 것이다. 배째라! 베제라! 어떤가, 절대 잊어버리지 않을 에스프레소 머신이다. 어쨌든 이런 베제라 에스프레소 머신을 개선하고 발전시켜 에스프레소 머신의 전자화가 이루어졌고, 이를 통해 자동화가 급속히 진행되었다. 현재는 전자동 머신과 여러 가지 방식의 반자동 머신이 다양하게 사용되고 있다.

한국에는 1990년대 말부터 에스프레소가 소개되면서 에스프레소 머신이 함께 도입되었고, 그 문화가 정착되어 가고 있다. 그리고 이를 넘어 국내 에스프레소 머신을 개발하면서 한국 커피시장의 또 다른 발전을 꾀하고 있다. 커피를 업으로 하고 있지 않은 사람들은 국내 에스프레소 머신의 개발을 통한 커피시장의 발전을 체감하기 어려울 것이다. 그리고 아무리 기술이 좋다 하더라도 국내 실정에 맞는 장비를 갖추고 있지 않다면 그 발전은 더딜 수밖에 없다.

국내에서 에스프레소 머신을 개발한다는 것은 그리 쉽지만은 않은 일이다. 이미 전 세계적으로 사용성에 대한 인정 및 명성을 갖고 있는 에스프레소 머신들과, 나아가 커피에 대한 깊은 역사를 가지고 있는 나라들과 경쟁한다는 것은 쉬운 일이 아니기 때문이다. 이런 상황에서 우리나라에 거의 최초로 에스프레소 머신을 소개한 곳이 있다. 세계적으로 유명한 누오바 시모넬리Nuova Simonelli, 라 마르조코La Marzocco 등의 에스프레소 머신을 수입 판매할 뿐 아니라 실제로 신제품 제작에도 참여하고 있는 곳으로, 국내 최고의 커피 관련 장비 판매회사로 정평이 나 있는 광명상사이다. 광명상사의 지명근 실장과도 〈포커스〉 신문의 '이장우 박사의 커피토크'를 통해 인연을 맺게 되었는데, 그는 나에게 에스프레소 머신이라는 또 다른 세계와의 연결고리Connector가 되어준 것이다.

커피에 대한 공부를 하면서 '커피' 하나에만 초점을 맞추고 있던 나는 이제 커피의 새로운 영역, 즉 에스프레소 머신의 매력을 배우고 느낄 수 있게 되었다. 에스프레소 머신은 '커피의 꽃'이라고도 불리고 '바리스타의 조력자이자 파트너'라고도 불린다. '커피의 꽃'이라고 이야기하는 이유는, 한 잔의 에스프레소 커피를 만드는 과정에서 가장 정점에 있는 것이 바로 에스프레소 머신이기 때문이다. 그렇기에 바리스타에게 에스프레소 머신은 에스프레소 커피를 만드는 데 있어서 단순한 기계가 아닌, 가장 중요한 조력자이자 파트너가 된다. 지명근 실장은 에스프레소 머신을 하나의 예술이라고 이야기한다.

지명근 실장이 몸담고 있는 광명상사는 그의 부친 회사이다. 자연스럽게 부친의 회사에 입사 예정이었던 그는 입사 전에 커피 기계에 대한 전문적인 공부를 하기 시작했다. 직접 이탈리아에 가서 이탈리아 명품 브랜드의 에스프레소 머신에 대한 이론과 실습을 함께 공부했다. 하지만 2001년 회사에 입사한 후 가장 처음 한 일은 화장실 청소였다고 한다. 특혜라는 것은 찾아볼 수 없었다. 그는 직접 영업 및 판매를 하면서 실무 경험을 쌓고, 기계를 분해하고 다시 조립해 보면서 에스프레소 머신에 대해서는 그 누구에게도 뒤지지 않는 전문가가 되기 위해 노력하였다. 때문에 지금은 에스프레소 머신 한 가지 모델을 가지고 몇 시간이나 이야기를 나눌 정도로 깊은 지식과 더불어 애정을 가지게 되었다. 인터뷰 당시 라 마르조코 La Marzocco의 Mistral 모델을 같이 보면서 설명을 들었는데, 에스프레소 머신에 대한 진심어린 애정이 전해져 왔다.

지 실장은 자신보다는 현업에서 항상 에스프레소 머신을 사용하는 바리스타들이 전문가라고 말한다. 그리고 그런 전문가들과 대화를 하고 그들에게 에스프레소 머신에 대한 정보를 전달하기 위해서는 누구보다도 에스프레소 머신과 커피에 대한 지식을 가지고 있어야 한다고 생각한다. 그래서 그는 에스프레소 머신에 대한 기술적인 부분 외에도 직접 커피를 추출해보고 커핑에 대해서도 공부하며 커피에 관련된 전체를 보기 위해 노력한다. 이는 커피에 대해 이야기할 때 중요한 부분이다. 그가 에스프레소 머신을 자신이 판매하는 기계로만 생각했다면 커핑에 대해서는 절대 관심을 가지지 않았을 것이다.

값비싼 장비를 사용한다고 해서 무조건적으로 좋은 커피를 만들어낼 수는 없다. 같은 재료로 음식을 만들어도 만드는 사람에 따라 음식 맛이 달라지듯이 커피 또한 마찬가지이다. 전체의 흐름에 있어 에스프레소 머신의 중요성을 파악하고 그 흐름에 맞추어 에스프레소 머신을 사용할 수 있어야 한다. 그렇기에 에스프레소 머신은 기술과 예술이 절묘하게 접목되어 있는 분야라고 할 수 있다.

에스프레소 머신을 커피의 꽃이라고 할 수 있는 것은 커피를 아름다움을 지니고 있는 예술의 경지라고 생각할 때 가능해진다. 수많은 노력과 시간이 필요한 예술 작품처럼 커피 또한 그러하고, 나라마다 그리고 문화별로 다른 예술 작품처럼 커피도 그러하기 때문이다. 각 나라의 문화를 이해하는 데 있어 예술 작품이 연결고리가 되어주는 것과 같이 커피가 연결고리가 되어주는 것 또한 커피를 예술로 볼 수 있는 근거가 된다. 그렇기에 지명근 실장은 에스프레소 머신의 겉은 아름다운 예술 작품이 되고, 그 속은 소통의 매개체인 연결고리 Connector로서의 커피를 만들어낸다고 이야기한다.

커피를 사랑하는 많은 사람들에게, 에스프레소 머신 하면 자연스레 라마르조코La Marzocco가 떠오를 것이다. 스타벅스와 같은 대형 커피 전문점과 스페셜티 커피를 전문으로 하고 있

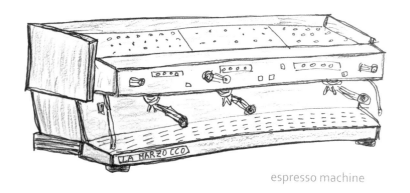

espresso machine

는 곳에서도 사용하고 있는 라마르조코. 한국에는 2012년 아시아에서 최초로 지사가 설립되었다. 커피를 즐기는 사람부터 커피를 전문으로 하는 사람에 이르기까지 에스프레소 머신에 대한 흥미로운 정보를 쉽게 얻을 수 있게 된 것이다.

라 마르조코는 초기 이탈리아 커피머신의 개척자 중 한 사람으로 평가받고 있는 Giuseppe Bambi 일가에 의해 1929년 설립되었다. 특히 추출과 스팀에 사용되는 두 개의 보일러를 장착한 GS시리즈로 그 명성을 높인 바 있는, 세계적으로도 인정받고 있는 에스프레소 머신 브랜드이다. 이런 라 마르조코가 미국, 호주에 이어 에스프레소 머신 판매량에 있어 세계 3위인 한국에 진출한 것이다. 2012년 4월 라 마르조코 코리아로 새롭게 시작하는 날, 라 마르조코의 최고경영자인 Guido Bernardinelli는 한국에서 라 마르조코의 인기를 충분히 알고 있고, 세계에서 가장 큰 시장 중 하나인 한국 진출을 '역사적 순간'이라고 하였다. 라 마르조코 코리아의 송미라 대표는 라 마르조코에 대해 '다른 훌륭한 머신들도 있겠지만 특히나 감성이 담겨 있고, 소유자의 감성을 나타내는 인격체가 되는 라 마르조코의 한국지사 설립 제의를 받고 기쁨을 감출 수 없었다'고 이야기했다. 나 또한, 에스프레소 머신을 통해 직접 커피를 만드는 사람은 아닐지라도, 한국에 좀 더 다양하고 뛰어난 성능을 갖춘 에스프레소 머신이 들어와 이를 통해 좋은 커피를 즐길 수 있게 된 것이 기쁘다.

에스프레소 머신과 바리스타 사이에는 이 둘을 연결시켜 주는 중요한 도구가 존재한다. 바로 탬퍼이다. 탬퍼는 에스프레소를 추출하는 데 있어 꼭 필요한 도구로, 분쇄된 원두가루를 눌러주어 원두가루에 골고루 물이 스며들게 하는 역할을 한다. 바리스타와 떼어 놓을 수 없는 탬퍼는 바리스타들의 많은 관심과 사랑을 받고 있는 도구이기도 하다. 이러한 탬퍼를 2007년부터 개발하고 연구하고 있는 사람이 있다. 바로 CBSCcbsckorea.co.kr의 이영민 대표이다. 2007년 당시 바리스타들은 탬퍼를 외국에서 공수하여 사용했는데, 바리스타들이 개인적으로 구하기도 쉽지 않았고, 한국인에게 맞지 않는 탬퍼로 인해 손목인대가 부상을 입는 일도 비일비재했

tamper

다. 거기에 한국의 여성 바리스타들이 증가하면서 더욱 우리에게 맞는 탬퍼의 보급이 시급했다. 이러한 이유로 이영민 대표는 탬퍼에 대한 연구 개발을 시작하게 되었다고 한다.

탬퍼는 크게 플랫형과 커브형이 있는데, 말 그대로 플랫형은 탬퍼 바닥 부분이 평평하고 커브형은 굴곡이 있다. 이러한 굴곡의 차이는 분쇄된 원두가루를 눌러 가압온수가 닿았을 때 물이 흐르는 방향을 서로 다르게 하여 각기 다른 에스프레소 맛을 느끼게 한다. 즉 굴곡의 차이는 곧 커피 맛의 차이로 나타나게 된다. 이에 초기 연구 단계에서 이영민 대표는 커피 맛을 결정하는 탬퍼의 눌러주는 기능과 굴곡, 그리고 바리스타들의 신체적 특성을 고려한 기술적인 부분에 주력했다. 시간이 흘러 지금은 디자인 측면에 힘을 실어 다양한 디자인의 탬퍼를 지속적으로 개발하고 있다.

한편 탬퍼가 커피와 바리스타를 연결하는 매개체가 되면서 자연스럽게 바리스타들에게는 하나의 상징적인 도구가 되었고, 이에 그들의 개성을 나타낼 수 있는 자신만의 표식이자 심벌이 되는 탬퍼를 원하게 되었다. 일례로 '2012 카페&베이커리 페어'에서 소개한 CBSC의 탬퍼가 외국인들에게도 높은 인기를 얻었다고 한다. 이에 이 대표는 예전 한국의 바리스타들이 외국의 탬퍼를 구매했던 것과 반대로 외국에서 한국의 탬퍼를 구매하도록 더욱 더 탬퍼를 연구 개발하겠다는 새로운 목표를 세우고 있다.

진실로 커피와 관련된 분야는 무궁무진하다는 생각이 든다. 그리고 그 수많은 분야들은 모두 커피와 바리스타, 커피를 즐기는 사람들을 연결해주는 중요한 요소가 되고 있다. 이 밖에도 커피전문점에 우수한 품질의 원두커피의 원료를 공급하는 것이 소비자들에게 좋은 커피를 만족스러운 가격에 마실 수 있는 기회를 제공하는 것이라는 철학을 가지고, 커피의 세계에서 바리스타와 고객 사이의 연결고리를 만들어주고 있는 사람이 있다. 바로 ㈜엠아이커피의 송현근 실장이다.

1984년 설립된 엠아이커피micoffee.kr는 전 세계에 20개 이상의 그룹거점을 보유하고 있는 세계적인 커피공급사 스위스 ECOM Group의 한국 독점 에이전시로, 다양하면서도 우수한 품질의 커피생두를 수입하여 한국 시장에 공급하는 일을 하고 있다. 국내 대부분의 대기업에 생두를 공급하고 있는 명실상부한 국내 최고의 커피 공급사이다. 송현근 실장은 이곳에서 연구실장을 맡고 있으며, 1년 중 상당 부분을 해외의 커피 원산지에서 보내며 보증된 품질의 원두를 국내에 공급하기 위해 노력하고 있다.

그에게 커피는 단순히 일만은 아니다. 스스로에게 커피는 '재미'라고 하는 송 실장은, 특히나 커피의 모든 것이자 바리스타, 커피, 고객을 연결해주는 원두는 직접 마주하고 연구할수록 그 매력이 대단하다고 이야기한다. 그래서일까, 그는 카페 창업을 앞두고 있는 예비창업자들에게 커피 원두에 대한 공부를 충분히 하라고 충고한다. 그가 생각하는 커피의 중요한 3요소는 '커핑, 가격, 지속성'이다. 커핑은 커피 맛을 중요시하는 요소이다. 가격은 소비자들에게 좀 더 저렴한 가격으로 질 좋은 커피를 제공할 수 있어야 한다는 의미이다. 그리고 지속성은 커피 생산지, 즉 커피 농장에 대한 중요성을 의미한다. 그는 좋은 품질의 원두를 얻기 위해서는 지속적으로 농장을 방문하여 시장조사를 하고, 품질관리를 하는 것이 중요하다고 이야기한다. 세계 최고의 커피 공급처의 에이전시를 맡고 있으면서도 직접 농장을 방문하여 원두를 선택하고 수입하는 이유도 이 때문이다.

모든 것에는 '밸런스'가 중요하다. 한쪽이 모자라거나 한쪽이 넘치게 되어 균형을 맞추지 못한다면 그 어떤 것이든 쉽게 무너지기 마련이다. 커피에도 이런 밸런스가 중요한데, 송현근 실장은 품질과 가격의 밸런스를 유지해야 한다고 생각한다. 중요한 것은, 밸런스는 저품질의 커피를 저가로 제공하는 것을 의미하지 않는다는 점이다. '커피의 밸런스'란 좋은 품질의 커피를 그에 걸맞은 가격으로 제공하는 것을 의미한다. 이러한 '커피의 밸런스'는 자연스레 원두 수입에 많은 영향을 받게 되는데, 그는 이를 위해 시장조사를 통해 연구하고 직접 농장을 방문하며 노력하고 있는 것이다. 인생에 있어 '재미'는 삶의 밸런스를 유지시켜주는 중요한 요소임에 분명하다. 사람들은 이런 재미를 적절하게 유지하며 삶의 밸런스를 맞춰가고 있다. 송현근 실장은 사람들에게 커피를 통한 재미를 충족시켜주며, 자신의 '삶의 밸런스'를 위한 재미를 꾀하고 있는 사람이다. 나는 그의 커피를 통한 '재미'가 국내 커피시장의 '커피 밸런스'를 가져오길 바란다. 또한 많은 사람들이 '커피 밸런스'를 통해 커피와 행복, 그리고 재미가 연결된 새로운 커피세상을 살아가길 바란다.

새로운 세상과의 연결고리가 되다

내가 커피의 시작을 연결고리Connector로 한 이유는, 새로운 시대의 커피에 대해 제일 먼저 짚고 이야기하고 싶었기 때문이다. 휴대전화의 대중화로 따로 약속장소를 정하지 않더라도 쉽게 만날 수 있는 지금과 달리 예전에는 약속장소를 다방으로 정하는 경우가 많았다. 큰 소파와 함께 크기도 다르고 디자인적 요소도 없는 커피잔들, 지금과는 달리 '다방커피'로 대변되는 프림과 설탕이 가득한 커피들, 그 속에서 이야기를 나누거나 말없이 시간을 보내는 사람들, 어쩌면 그때부터 커피는 연결고리의 역할을 해왔을지 모르겠다.

그러나 커피가 진정한 연결고리로서의 역할을 하고 있는 것은 오늘날이다. 현대에는 디지털 노마드족(Digital Nomad族: 국경이나 민족을 초월해서 전 세계를 무대로 끊임없이 움직이면서 새로운 가치를 창조하는 디지털 혁명이 만들어낸 새로운 세력)을 위한 공간, 친목도모를 위한 공간, 혼자 공부하기 좋은 공간 등과 같이 다양한 이유로 커피전문점을 찾는 사람들이 많아지면서 '커피'는 복적이 아닌, 연결고리Connector로서의 역할을 하고 있기 때문이다. 즉 온라인상에서 SNSSocial Network Service, 소셜 네트워크 서비스가 연결고리가 되어 주는 것처럼 '커피'가 오프라인상에서의 새로운 연결고리가 되고 있는 것이다. 또한 일명 코피스Coffice: coffee+office, 코브러리Cobrary: coffee+library라 하여 사무실이나 도서관, 집이 아닌 커피전문점으로 사람들이 모이고 있다. 사람들과의 만남을 위한 단순한 의미의 공간에서 개인적인 공간, 비즈니스적인 공간으로까지 커피전문점들이 변모하고 있는 것이다.

한 예로 이러한 사회적 흐름에 맞추어 미국 아마존Amazon의 계열사인 자포스Zappos: 미국 최대의 신발 쇼핑몰는 라스베이거스Las Vegas의 신사옥으로 옮기면서 사무실 공간을 축소하여 직원들이 근처 커피하우스를 가도록 하는 일도 생겨났다. 커피하우스에서 담소를 나누며 미팅을 하는 것이 오히려 기업 구성원들 사이의 관계를 더욱 돈독하게 하고 이것이 팀워크를 높이게 될 것이라는 자포스의 전략이다. 또한 자연스러운 기업문화를 통해 혁신을 이루어내고 있는 구글Google도 커피를 구성원들 간의 교감과 소통의 매개체로 활용하고 있다. 캘리 포니아California에 위치한 구글플렉스Google Plex라 불리는 구 글 본사에는 직원들을 위해 사무실 45m 이내에 간이 음료대 가 설치되어 있는데, 에스프레소 머신을 설치하여 업무 중에 도 커피를 즐길 수 있도록 배려하고 있다.

국내에서도 커피를 매개체로 조직의 분위기를 자유롭게 변 화시키고 그 속에서 직원들이 자신의 역량과 능력을 가장 열 정적으로 발휘할 수 있도록 하는 기업이 있다. 방송 매체를 통 해 선진국 못지않은 복지 혜택이 있는 기업으로 소개되면서 큰 화제를 모은 바 있는 제니퍼소프트이다. 2005년 1월 설립 된 IT벤처기업인 제니퍼소프트의 사옥은 얼핏 카페로 보인다. 경기도 파주 헤이리 예술마을 내에 위치하고 있는 사옥은 정 원과 카페가 딸린 3층짜리 아담한 목재건물이다. 1층에 위치 하고 있는 '카페 제니퍼Café Jennifer'는 여느 카페와 다름없는 모습이다. 직원들은 근무시간 중에도 자유롭게 이곳에서 커피 를 마시며 업무를 본다. '커피'를 통해 자율적인 조직 분위기를 조성하면서 직원들이 자신들의 능력을 충분히 발휘할 수 있도 록 하는 것이다.

이렇듯 세상이 변함에 따라 연결고리로서의 '커피'는 변화 하며 진화하고 있다. 내가 책을 통해 독자들을 만날 수 있는 것도 '커피' 때문이고, 커피에 관한 책을 쓸 수 있는 것도 '커피'를 통해 만나온 새로운 세계의 사람들 덕분이다. 아울러 지금의 소셜시대Social Age는 연결고리로 가득한 시대이다. 눈에 보이지 않는 연결고리를 통해 전 세계적으로 연결되어 있고, 여기에는 연령, 성별, 국적의 제약이 없다. 커피도 이와 같다. 그리고 커피가 이토록 발전할 수 있었던 것은 소셜시대를 통한 연결의 시대Connecting에 익숙함도 한 몫 했다. 커피를 단순히 음료로만 생각한다면 커피스트를 이해할 수도, 커핑Coffeeing을 이해하기도 어려울 것이다. 새로운 것과의 연결에 대한 거부감을 없애는 것이 커피를 이해하는 데 있어 큰 역할을 한다는 것을 잊지 않았으면 좋겠다.

커피를 통해 생산자와 소비자의 아름다운 공존에 초점을 맞추고 있는 사람이 있다. 샤인위드컴페니언Shine with Compenion의 안광중 대표다. 그는 수출상을 통하지 않고 직거래를 통해 카메룬의 블루마운틴 커피를 공급하고 있는데, 즉 커피를 생산하고 있는 영세 농부들과 소비자들을 연결시키는 일을 하고 있는 것이다.

그는 열악한 환경 때문에 빠른 속도로 줄어들고 있는 커피 농가의 현실과 카메룬 커피산지에서 영세 농부들이 부당한 대우를 받고 있는 것에 안타까움을 느끼고, 농부와 소비자를 직접 연결하여 커피나무를 관리하고, 자연퇴비를 사용해 최상의 품질로 길러낸 원두를 소개하여 그 이익금이 생기면 일부를 생산자들에게 돌려주는 공존을 강조한다. 때문에 힘이 들고 어렵더라도 카메룬 산지를 직접 찾아가 농부를 만나곤 한다. 또한 산지 별로 독특하고 빼어난 개성을 가진 커피를 캐스팅하여 국내에 최초로 소개하는 커피 캐스팅 디렉터의 역할도 하고 있다. 새로운 카메룬 커피를 지속적으로 소비자들에게 연결시키는 일을 하는 것이다. '뜻을 같이 하는 동료들과 함께 빛난다'라는 기업 이름에서도 알 수 있듯이, 샤인위드컴페니언의 안광중 대표는 커피를 생산하는 영세 농부들과 커피를 즐기고 마시는 소비자를 연결시켜 커피시장에서 빛날 수 있도록 하고 있다.

2) C.O.F.F.E.E–Open ecosystem

내가 커피에 대해 알고자 마음먹고, 적극적으로 커피에 대해 연구하고 공부하는 데 들인 시간은 겨우 8개월 정도이다. 커피와 관련된 다양한 활동을 하고 있는 나의 행보로 인해 많은 이들이 내가 오랫동안 커피를 전문적으로 다루어 왔으리라고 오해하곤 한다. 그리고 8개월이라는 짧다면 짧은 시간 동안 내가 커피에 대한 수많은 정보를 습득하고 배울 수 있었던 것은 나의 능력보다는 커피가 가지고 있는 열린 생태계Open ecosystem적인 요소가 크게 작용하였다. 물론 이후에도 나는 지속적으로 커피에 대한 지식과 공부를 업데이트하는 노력을 하고 있다.

공통분모를 가지다

커피는 전문가부터 일반적인 관심을 가지고 있는 사람에 이르기까지 수많은 사람들이 모여 있는 분야이다. 나만 보더라도 커피에 대한 애정으로 시작하여 이렇게 책까지 쓰게 되었다. 내가 만난 전문 바리스타들도 처음부터 작정하고 커피를 공부했다기보다는 다양한 상황에서 우연치 않게 커피를 접하고 커피 세상에 입문한 경우가 대부분이었다. 그야말로 누구에게나 열려 있는 시장이 바로 커피인 것이다. 커피에 대해 관심을 가지고 있다면 누구나 커피스트가 될 수 있는 매력적인 분야가 바로 커피세계이다. 그중에서도 나는 특이한 이력으로 커피세계에 입문하여 전문가가 된 사람들에 대한 이야기를 하고자 한다.

　이종훈 바리스타는 그 이력이 참으로 특이한데, 바로 비보잉 출신의 바리스타이다. 비보잉을 즐기고 끼가 넘치던 청년이 커피에 입문하여 WBCWorld Barista Championship, 세계바리스타챔피언십 대회에서 5위라는 자리에 오르게 되었다. 비보이에서 바리스타, 아무런 공통점도 없을 것 같은 두 분야에 대해 그는 둘의 공통점을 이렇게 말한다. 바로 '도전'이라는 것이다.

　어렸을 적에 시작했던 비보잉은 그에게 도전이었다. 당시에는 비보잉이 자신의 세계였다면, 이제는 커피가 도전이자 자신의 세계라는 것이다. 남다른 이력만큼 이종훈 바리스타는 자신의 역할에 대해서도 남다른 정의를 가지고 있다. 원래 '바리스타'는 커피를 만드는 사람을 일컫는다. 다시 말해 즉석에서 커피를 전문적으로 만들어주는 사람인데, 좀 더 넓게 보자면 좋은 원두를 선택하고 커피 기계를 활용하여 고객이 원하는 커피를 만들어 서비스하는 사람들의 직업을 칭하는 것이 바로 '바리스타'이다.

　그러나 이종훈 바리스타가 생각하는 '바리스타'는 이와는 다르다. 그가 생각하는 바리스타는 커피뿐만 아니라 그 커피와 어울리는 것을 고객에게 전달할 수 있는 능력을 가지고 있는 사람이다. 고객들이 커피 외에도 점점 더 많은 것을 요구하는 이 시대에 맞추어 바리스타의 모습도 변화해야 한다는 것이다. 그래서일까, 그는 커피대회를 준비하면서 커피의 본질적인 부분인 스페셜티 커피 추출 외에 새로운 콘셉트와 아이디어를 통한 창작메뉴에도 힘을 기울인다.

일반적으로 커피 블렌딩Blending이라고 하면 종류가 다른 원두를 혼합하는 과정을 말한다. 그러나 이종훈 바리스타는 이를 다르게 자신만의 방식으로 표현해낸다. 에스프레소를 추출한 후에 이를 블렌딩하는 것이다. 기존의 방식에 대한 도전을 통해 이 바리스타는 자신만의 창작품을 만들어낸다. 이는 커피가 열린 생태계이기 때문에 가능하다. 열린 생태계에서는 새로운 방식을 긍정적으로 받아들이며 창조적인 능력을 발휘할 수 있도록 한다. 그는 젊은 나이에 자신의 꿈과 목표를 비보잉에서 커피라는 새로운 분야에 도전하며 바꾸는 것에 거침이 없었던 것처럼, 바리스타가 된 후에도 자신만의 아이디어와 창조력으로 새로운 것에 계속 도전하고 있다.

그리고 이러한 창조력은 대회준비 과정에서도 나타난다. 그는 2004년에 이어 2009년에 또다시 WBC에 도전하였다. 2004년 대회에 처음 출전했을 때에는 젊음의 패기만으로 도전했던 탓인지 24등이라는, 스스로 만족할 수 없는 결과를 얻었다. 그 후 2009년 다시 도전하기에 앞서 그는 누구보다 더 많은 노력을 기울였다. 그중에서도 눈에 띄는 것은 '이미지 트레이닝Image Training'이다. 그는 실제 연습을 할 수 없는 시간에는 계속해서 머릿속으로 대회에 참가하여 자신이 직접 커피를 추출하고 PT를 하는 모습을 상상하였다. 이는 비보잉 시절의 경험을 바탕으로 만들어낸 그만의 대회 준비 비법이다. 퍼포먼스를 준비하는 데 있어 이미지 트레이닝은 참으로 중요한 요소이다. 대회 참가에 앞서 전체적인 준비를 할 수 있기 때문이다. 그의 이러한 방법은 성공적이었다. 2009년 대회에서 영광스럽게 세계 5위를 기록한 것이다. 그동안의 노력을 보상받는 결과였다. 그 이후에도 그는 계속해서 새로운 도전을 위해 끊임없이 노력하였다. 그의 도전 정신은 2015년도에 그가 WCCK 챔피언과 KNBC 1위의 정상에 오를 수 있게 하였다.

자신의 삶에서 커피는, 입문했을 당시에는 도전에 가까운 일이었지만 현재는 자신의 또 다른 세계라고 이야기하는 이종훈 바리스타, 그에게는 커피 대회 출전도 열린 생태계에서 자신만의 새로운 세계를 만들어가고 있는 과정일 것이다. 그렇기에 절대로 멈출 수도 멈춰서도 안 된다. 그 멈출 수 없는 도전에 그가 가지고 있는 바리스타의 기술적 요소, 그리고 창조력과 상상력이 보태지고 원동력이 되어 또 한 번 그를 세계 최고의 바리스타가 되게 할 것이다.

커피의 세계에 입문하기 전에 특이한 이력을 가지고 있는 또 다른 인물로는 스티븐 길 대표가 있다. 한국큐그레이더협회 회장, 아시아스페셜티커피협회 회장을 역임한 스티븐 길 대표는 언론인 출신이면서 골프선수 박세리의 매니저라는, 커피와는 관련이 없는 이력을 가지고 있다. 그는 박세리 선수의 매니저로 있을 때부터 커피에 관심을 가지게 되었다고 한다. 박 선수와 함께 미국투어를 하면서, 각기 다른 지역에서 다른 식문화를 가지고 있는 사람들이 공통적으로 즐기는 커피를 보며 '커피의 매력은 무엇일까'라는 생각을 하게 되었던 것이다. 그리고 그토록 많은 사람들이 좋아하는 커피라면 대중성이 보장되어 사업적으로도 매력이 있으리라고 생각되어 자연스럽게 커피의 세계에 들어서게 된 것이 지금에 이르게 되었다고 한다.

또 다른 특이한 이력을 가지고 있는 바리스타가 있다. 잘 알려진 커피컨설턴트이자 신사동 가로수길 최고의 커피전문점 '커피렉COFFEE LEC'의 대표였던 안재혁 바리스타이다. 2010년 세계 바리스타 챔피언십 국가대표, SCAE World Latte Art 국가대표, 2008·2010 Korea National Barista Championship 우

승, 『커피 볶아주는 남자』의 저자까지, 그는 다양한 프로필을 가지고 있다. 여기에 그치지 않고 그는 2015년 아시아커피스타, 2016년 국제바리스타 챔피언십 준우승의 자리에 오른다. 커피의 열린 생태계적 특성은 이렇듯 한 사람이 다양한 역할을 할 수 있도록 해준다. 내가 커피스트로 커피전문가들을 인터뷰하고 커피토크를 통해 강의를 하면서, 커피업계의 전문가들이 모인 자리에서 기조연설을 할 수 있었던 것도 이러한 이유에서다.

안재혁 바리스타와의 첫 만남에서 나는 그를 바리스타라고 생각지 못했었다. 바리스타라는 직업을 가지고 있는 사람들이 그들을 규정하는 어떤 특징을 가지고 있는 것은 아니지만, 그는 특히나 큰 키에 멋진 수염을 기른 훤칠한 외모로 국내 프랜차이즈 커피전문점 광고에 등장하는 연예인 모델 같아 보였기

때문이다. 아니나 다를까, 그는 연기의 꿈을 키워왔던 배우 지
망생이었다고 한다. 하지만 그는 고구려대학교 바리스타학과
를 졸업하고 6년이라는 시간 동안 커피에 대해서는 누구에게
도 뒤지지 않는 전문가가 되고 싶어 끊임없이 노력하며 자신
의 길을 만들어 왔다. 그중에서도 눈에 띄는 것은 2번에 걸친
KNBCKorea National Barista Championship 우승 경력이다.

　그는 최고의 자리에 안주하지 않고 또 다시 도전을 했는데,
이는 앞서 이야기한 이종훈 바리스타, 이세나 바리스타와 일
맥상통하는 부분이기도 하다. 사람은 누구나 자신이 최고의
자리에 있는 그 자리에 또 다시 도전하기는 쉽지 않다. 만약
실패한다면 그동안 쌓아왔던 명성까지 무너질 수 있는 위험이
있기 때문이다. 그러나 안재혁 바리스타는 달랐다. 커피에 대
한 자신감이 있었기 때문일까, 또 다시 도전하고 계속해서 앞

으로 나아가고 있다.

그의 이런 노력 덕분인지 그가 운영했던 '커피렉'에는 언제나 사람이 몰렸다. 그의 커피를 맛보기 위해서이기도 했지만 커피에 관심이 있는 사람들이 그를 만나고 싶어 했기 때문이기도 하다. 그런 사람들을 위해 그는 저녁시간이든 주말이든 매장에 나와 직접 커피를 만들어 주었다. 때문에 자연스럽게 커피에 관심 있는 사람들의 아지트가 되었다. 열린 생태계에서 새로운 진입자들을 환영하며 함께 커피에 대한 발전을 꾀할 수 있는 것은 바로 이런 안 바리스타와 같은 전문가들의 열린 마음이 있기 때문이리라고 생각한다.

2015년 7월, KBS 〈세계인〉 프로그램에서 우리는 커피 인연으로 다시 만날 수 있었다. 나는 커피 전문가로, 안재혁 바리스타는 한국 최고의 바리스타로 출연하였다. 방송 중에 안 바리스타가 직접 커피를 만들어주는 순서도 있었다. 오랜만에 그의 커피 맛을 보는 순간, 방송 진행의 흐름을 놓칠 뻔했을 정도로 그 맛은 역시나 최고였다.

'공존'을 꾀하다

열린 생태계로서 커피세계에서의 공존은 사람들과의 공존과 마케팅 시장의 공존이라는 두 측면을 이야기할 수 있다.

먼저 마케팅 측면에서의 공존에 대해 이야기하자면, 예를 들어 화장품 시장의 경우 기존 시장에 신규 브랜드가 진입하기란 쉽지 않다. 이미 경쟁이 치열한 이유도 있지만 독보적으로 선두를 달리고 있는 브랜드들과의 경쟁이 쉽지 않기 때문이다. 그에 따른 기회비용도 적지 않은 것은 당연하다. 하지만 커피는 그렇지 않다. 큰 자본을 바탕으로 하고 있는 프랜차이즈 전문점과 함께 작은 규모의 로스터리Roastery 전문점 등이 함께 공존하고 있기 때문이다. 물론 프랜차이즈 커피전문점의 유통력을 중소규모의 커피전문점들이 따라잡을 수는 없겠지만 각기 다른 매력으로 시장을 구성하고 있다.

앞서 언급한 안재혁 바리스타가 대표로 있던 '커피렉'도 서울 신사동 가로수길에 위치하고 있다. 마케팅적 측면에서 본다면 신사동 가로수길은 경쟁 커피전문점들이 밀집해 있는 레드오션Red Ocean이기 때문에 그곳에 커피전문점을 낸다는 것은 참으로 결단력이 필요한 일이었을 텐데, 그의 바리스타로서의 자신감을 엿볼 수 있는 부분이다. 나는 그가 좀 더 욕심을 내서 커피시장의 혁신적 리더가 되기를 바랐는데, 열렬한 커피 팬들의 아쉬움 속에 커피렉을 정리하고 나서 커피 전문 컨설턴트로 활동하고 있다. 그의 커피에 대한 폭넓은 경험과 식견은 커피인들에게 다양한 도움을 줄 수 있을 것이다.

아무리 커피의 열린 생태계적인 특징으로 대형 프랜차이즈 전문점들과 중소 전문점들이 공존한다고는 하나, 그 균형에 있어 어려움이 따르는 것은 사실이다. 하지만 커피시장이 좀 더 발전하기 위해서는 중소규모 전문점들의 혁신이 중요하다. 실제 미국의 커피시장에서 커피 혁신과 제3의 물결을 주도하는 것은 스타벅스와 같은 거대 전문점들이 아닌 중소규모의 로스터들이다. 이들도 체인화되어 있기는 하지만 10개 이내의 소수의 매장을 보유하고 있는 점이 특징이다. 대표적인 빅3 로스터리로는 일리노이 주 시카고의 인텔리젠시아Intelligentsia Coffee&Tea, 오리건 주 포틀랜드의 스텀프타운Stumptown Coffee Roasters, 노스캐롤라이나 주의 카운터컬쳐Counter Culture Coffee 가 있다. 그리고 이들은 농장과의 직거래를 확대하며 커피의 본질인 생두의 품질에 집중하고 있다.

이러한 커피 혁신과 제3의 물결에 대한 학설은 학술적으로 정립된 이론이라기보다는 전 세계 커피 문화를 이끌고 있는 미국의 커피시장을 중심으로 여러 매체들을 통해 형성된 이론이다. 그러나 시대의 흐름과 커피시장의 산업적인 측면, 그리고 변화된 소비자 측면에서 형성되었기에 어느 정도 통용되는 이론이기도 하다. 커피의 물결에 대해 좀 더 살펴보자.

국제커피기구International Coffee Organization에 따르면, 커피의 제1물결은 1946년부터 1960년대 초반까지의 시기이다. 폴저스Folgers, 맥스웰하우스Maxwell House, 네스카페Nescafe 등의 대표적인 인스턴트 브랜드를 중심으로 인스턴트커피가 인기를 끌었던 시기가 바로 커피의 제1물결이다. 액상 추출된 커피를 고형화한 뒤 포장하여 먼 지역까지 유통이 가능해지면서 커피의 대량생산 및 대량소비가 가능해졌는데, 커피의 맛과 품질보다는 저가의 차를 쉽게 즐길 수 있는 편리함에 초점이 맞추어져 있었다. 이러한 흐름은 미국을 세계 최대의 커피 소비국으로 만들었다. 이탈리아의 경우는 제2차 세계대전 이후 군수산업이 민간산업으로 전이되면서 자연스럽게 커피 머신을 전 세계로 전파시킬 수 있게 되었다. 이처럼 커피의 제1물결은 커피 문화가 전파되면서 커피시장이 형성되는 초기 단계였다.

커피의 제2물결은 1960년대 중반부터 1990년대에 이르는 시기로, 커피 문화의 세계적인 확산이 이루어진 단계이다. 아라비카 커피로 만든 에스프레소 음료가 대중적으로 보급되었고, 1960년대 미국에서 알프레드 피트Alfred Peet가 설립한 피츠커피Peet's Coffee에 의한 다크 로스트가 도입된 이후 글로벌 스타벅스화Starbucksification가 된 시기이다. 즉 고품질의 원두커피가 주를 이루고 대형화한 체인 구조가 대표적인 현상이 되는 시기였다. 또 생산자나 소비자 모두에게 커피의 다양성이 존재하는 시기였는데, 그 음료화된 커피의 다양한 메뉴와 함께 미국 내에서는 어디서든 커피를 경험할 수 있게 되었다.

마지막으로 커피의 제3물결은 1990년 후반부터 현재에 이르는 시기로, 스페셜티 커피의 보급이 이루어진 시기이다. 이 시기의 큰 특징은 커피가 농장 별로 분류되고, 로스팅은 커피콩의 고유한 성질과 특성을 잘 살려내는 데 있다. 아울러 농장과의 직접적인 교역을 통해 커피 유통 과정에서 커피 재배자, 소매업체, 소비자 모두가 커피에 대한 독창성과 차이점을 깊이 있게 논의하고 공유한다. 바로 열린 생태계Open ecosystem의 시기가 커피의 제3물결이라 할 수 있는 것이다. 그리고 제3물결은 앞서 말한 제1, 제2의 물결이 사라진 것이 아니라 변화의 모든 흐름이 함께 공존하며 커피에 대한 다양성이 이루어지는 시기이다.

미국의 스페셜티 커피 바람으로 새롭게 주목받고 있는 곳 가운데 하나가 바로 블루보틀Blue Bottle이다. 블루보틀의 출발은 보잘것없었다. 클라리넷 연주자였던 제임스 프리먼James Freeman이 2005년 샌프란시스코 헤이즈밸리Hayes Valley의 친구집 차고에 매장을 연 것이 시초였다. 이미 그 전에 제임스 프리먼은 근처 파머스마켓농산물 직거래 장터이 열리는 날이면 손수레에 직접 만든 커피 추출기를 싣고 나가 커피를 팔았다. 커피 판매를 전문적으로 했다기보다는 스스로 커피를 사랑하고 즐기는 마음으로 시작했는데, 많은 사람들에게 사랑을 받았다. 이에 첫 매장을 열었고 지금은 미국의 대도시와 일본 도쿄 등에 30여 개의 매장을 두고 있다. 아울러 스타벅스와 견줄 만한 브랜드로, 커피업계의 애플로 불리며 내로라하는 IT 거물들이 단골을 넘어 투자자로 나설 정도로 높은 관심을 받고 있는 중이다.

블루보틀이 처음 매장을 열 당시에는 미국 내에서도 스페셜티 커피에 대한 관심이 높지 않았다. 하지만 블루보틀은 처음부터 스페셜티 커피를 여섯 가지 메뉴로 시작하였다. 커피 컵 사이즈도 한 가지로 통일하고, 손님이 커피를 주문하면 그때부터 원두를 분쇄하여 커피를 내리는, 조금은 답답해보일지 모르는 방법을 고수하고 있다. 이는 품질에 대한 제임스 프리먼의 고집 때문이기도 하다. 처음에는 로스팅한 원두를 공급하는 일을 함께 하며 수입을 창출했는데, 다른 카페에서 제대로 된 커피를 제공하지 못하게 될 때 이를 통제할 수 없자 원두판매 사업을 접고 카페에만 집중하고 있다.

나는 2011년 미국으로 커피 아이디어 탐방을 떠났을 때 샌프란시스코에 위치한 블루보틀을 방문한 적이 있다. 커피 한 잔을 마시기 위해 20여 분을 줄을 서서 기다려야 했지만, 커피 맛을 본 후 기다림에 대한 불만은 사라졌다. 스티븐이라는 바리스타가 내려준 커피 맛이 너무나 황홀했기 때문이다. 탁 트인 천장에, 커피를 만드는 전 과정을 볼 수 있는 매장 구조, 커피가 완성되면 주문한 사람의 이름을 직접 불러주고, 커피를 마시며 함께 이야기를 나눌 수 있는 친근한 분위기가 블루보틀 커피의 맛을 더욱 좋게 만들어준다. 이런 것들이 커피의 제 3물결을 가져오는 것이라고 할 수 있다.

미국에서의 제3물결은 앞서 말한 것처럼 중소규모 로스터리들이 주를 이루고 있는데, 그렇다고 스타벅스와 같은 대형 전문점들의 힘이 약해진 것은 아니다. 오히려 소비자들의 선택이 다양해질 수 있는 기회가 되었고, 이를 통해 커피전문점들은 좀 더 양질의 커피를 제공하기 위해 각기 다른 전략으로 노력하고 있다. 이것이야말로 열린 생태계에서 커피전문점들이 '공존'을 이루고 있는 모습이다. 나는 국내의 커피시장도 이와 같은, 공존을 바탕으로 하는 열린 생태계가 열리길 바란다. 때문에 나는 트위터를 통해서 중소규모의 전문점들을 지지하고 스스로 홍보위원이 되는 것을 마다하지 않는다.

열린 생태계의 두 번째 공존은 사람들과의 공존이다. 다양한 사람들이 함께 도전을 멈추지 않는 커피의 열린 생태계는 그 안의 사람들이 커피라는 공통분모를 바탕으로 경쟁이 아닌 공생을 하고 있다. 열린 생태계는 독보적인 전문가들이 존재하지 않기 때문에 서로 간의 협력이 가능하다는 이점이 있다. 이세나 바리스타가 속해 있는 모임인 'CIIC카페 이탈리아노 인 코레아, Café Italiano In Corea'도 이러한 열린 생태계의 공존을 보여주는 일례이다. CIIC는 20명이 넘는 인원들이 서로 모여 아이디어도 함께 구상하고 연구하며 바리스타로서 서로의 발전을 도모하는 모임이다.

이세나 바리스타는 2011년 KBC^{Korea Barista Championship, 한국바리스타챔피언십} 챔피언이다. 그녀는 커피를 만나면서 그 매력에 빠져든 사람 가운데 한 명이다. 열린 생태계의 커피는 많은 사람들이 커피를 맛볼 수 있게 하는 장점도 있다. 커피가 예전처럼 특정한 이들에게만 국한된 음료였다면 이세나 바리스타와 같은 커피전문가를 볼 수 없었을지도 모른다. 그녀는 커피의 매력에 빠지기 전, 커피를 접하게 되었을 때 맛보았던 에스프레소가 부담스럽게 느껴졌다고 한다. 하지만 그녀는 2011년 한국바리스타챔피언십대회에서, 특히 에스프레소 추출에서 발군의 솜씨를 선보였다. 어떻게 이렇게 변할 수 있었던 것일까? 그녀는 이에 대해 끊임없는 연습이 있었기에 가능했다고 이야기한다.

그녀는 2007년 UBC^{The Ultimate Barista Challenge, 얼티밋바리스타챌린지}에서의 우승으로 주변의 기대를 받고 있었다. 때문에 2011년 대회에서의 우승은 너무나도 절실했다. 그녀는 대회를 준비하는 동안 연습벌레로 살았다. 하루에 2~3시간이라도 꼭 연습을 하였다. 던킨 도너츠^{Dunkin Donuts} 커피교육센터의 책임 강사로 있기에 업무시간 외에만 연습할 수 있었고, 결국 퇴근 후 시간과 주말을 오로지 연습에 쏟아 부었다. 바리스타에게 끊임없는 연습은 다양한 경험을 축적하는 일과 같다. 그리고 열린 생태계에서는 이러한 경험들을 축적하기 쉽다. 다양한 분야와의 접목이 가능하기 때문이기도 하고, 스스로도 그런 기회를 가질 수 있기 때문이다. 이세나 바리스타의 경우 이러한 다양성을 앞서 이야기한 전문 바리스타들과의 모임을 통해 충족시켰다. 그녀는 10년이라는 시간 동안 커피를 통해 자신의 인생이 많이도 변화했다고 이야기한다. 그녀에게 '커피'는 인생의 전환점이 되어준 것이다.

이세나 바리스타는 여전히 던킨 도너츠의 음료개발팀에서 새로운 커피 맛을 찾고 개발하기 위해서 정신없는 나날을 보내고 있다. 그녀에게 커피는 개인의 삶과 일 모두의 중심이 되고 있는 듯 보인다. 인생의 전환점이 되어준 커피가 이제는 인생의 중심에 있는 것이다.

커피를 통한 세 번째 공존은 커피의 세계에 들어선 사람들이 경쟁보다는 커피를 통해 모두 잘 살게 되는 세상을 꿈꾸는 공존이다. 사람은 누구나 성공하여 자신이 그 분야의 1인자가 되기를 꿈꾼다. 이는 스스로의 목표가 되기도 하고, 사업을 하는 데 있어 끊임없이 노력하게 하는 원동력이 되기도 한다. 하지만 그 경쟁이 심해지게 되면 오히려 그 산업을 무너뜨리는 요소가 되기도 한다.

커피 산업의 경우 커피를 직접적으로 다루는 로스터, 바리스타와 같은 커피전문가들과 커피전문점을 운영하는 운영자의 역할이 나뉘어져 있다. 물론 두 가지 역할을 한 사람이 해나갈 수도 있겠지만 전문화를 위해서는 이를 각각 전담하는 것이 경쟁력이 있다. 그래서 중소형 커피전문점을 운영하고 있는 사람들은 커피전문가를 자신의 매장에 소속시키는 일이 중요해진다. 이를 위해 뛰어난 실력을 갖춘 전문가들을 스카우트하거나 소속된 바리스타들의 실력을 지속적으로 향상시키기 위해 교육하는 일에 아낌없이 지원하기도 한다. 하지만 이런 노력들은 자신의 커피전문점의 가치를 높여주는 반면 혹여 소속된 커피전문가들이 어느 순간 자신들의 경쟁자가 되지는 않을까, 라는 걱정을 하게 만들기도 한다.

이런 아이러니한 상황 속에서 소속된 바리스타들이 스타가 될 수 있도록 배려하고, 그들이 개인적인 활동을 하는 것이 오히려 커피시장의 발전에 기여할 수 있으리라고 생각하는 사람이 있다. 바로 '블랙업커피'의 김명식 대표이다. 나는 그가 커피공장에 다니던 시절에 한 번 만난 적이 있었는데, 최근 '블랙업커피'의 대표로 다시 만났다.

그는 내가 커피라는 공통분모로 만나온 수많은 사람들 중에서도 CEO적인 마인드가 강했던 사람이다. 이는 바리스타가 열심히 교육을 받고 주인공이 될 수 있는 카페를 만들고자 하는 그의 철학으로 나타난다. 커피공장 시절부터 그는 모든 직원이 명함을 보유하도록 하였는데, 이를 통해 직원들이 스스로 하고 있는 일에 대한 자부심을 느낄 수 있게 하였다. 이러한 배려가 직원들의 능력을 향상시키는 것은 당연할 일일 터이다. 2012년 커피공장을 리뉴얼하고 확장하면서 2013년부터 '블랙업커피'로 브랜드를 변경하여 운영 중에 있다. 부산의 서면점과 해운대점에 이어 거제에도 매장이 생기며 꾸준하게 성장세를 보이고 있는 '블랙업커피'는, 부산 강서구에 로스터리를 마련하여 '블랙업커피' 외에도 다른 카페에 원두를 공급하는 일도 함께 하고 있다.

커피와 인연을 맺은 지 어느덧 16년이 되는 김명식 대표는 '블랙업커피'를 운영하기 전에 대기업의 커피전문점 신규팀에서 근무했었는데, 대기업의 커피사업 전략이 본질보다는 영업 위주인 점이 자신과는 맞지 않는다는 생각을 하게 되었고, 그렇게 회사를 나오게 되었다고 한다. 그래서일까, 그는 커피사업을 하는 데 있어 커피의 본질에 가장 가까이 있는 바리스타의 중요성에 대해 누구보다 힘을 싣고 있는 사람이다. 이에 바리스타들을 위한 지원을 아끼지 않고 있고 그들이 스타가 되는 일에 열정적이다. 일례로 고객들에게 커피공장에서 평소 즐기던 커피와는 다른 커피의 맛을 보이기 위해 직접 류연주 바리스타를 초청한 일도 있었다. 류 바리스타는 25살의 나이에 국가대표 여자 바리스타로 최초 등극한 자랑스러운 여성 바리스타이다.

류 바리스타와 이야기를 나눌수록 진실로 그의 경영방식에 놀라움을 금할 수 없었다. 커피전문점이 성공하기 위해서는 전문 바리스타와 그에 못지않은 전문가적 마인드를 가지고 있는 경영자가 있어야 한다는 것을 보여주는 대표적인 예라 하겠다.

이처럼 커피의 열린 생태계에서는 함께 공존할 때 더 큰 빛을 낼 수 있다. 어느 한쪽으로만 치우쳐서는 안 된다. 커피시장에는 이렇게 서로 공존하며 함께 성장하고자 하는 사람들이 많다. 대전에서 '카페허밍'을 운영하는 조성민 바리스타도 그런 사람들 가운데 한 명이다.

아주 우연한 기회에 조성민 바리스타를 만나게 되어 대전에 있는 그의 카페도 방문할 수 있었다. 대전을 대표하는 로스터리 카페를 꿈꾸는 그는 커피를 만드는 것 외에도 독특한 활동을 하고 있다. 그가 직접 커피를 주제로 강의를 하기도 하고, 『나는 스타벅스보다 작은 카페가 좋다』라는 책을 출간하여 작은 카페가 생존할 수 있는 전략을 소개하기도 하였다. 자신의 카페만 성공하는 것을 넘어 대형 브랜드가 자리를 차지하고 있는 커피시장에서 작은 카페들이 살아남을 수 있는 방법에 대해 함께 고민하자는 취지다.

그가 한 달에 한 번씩 자신의 카페에서 주최하는 강의는 외부 강사를 초청하여 다양한 주제로 진행되는데, 참석자들은 무료로 강의를 들을 수 있다. 나 또한 그의 커피 공존에 대한 열정에 반하여 창의력 기법 강의를 한 적이 있다. 그는 이런 강연을, 커피와는 다른 분야이지만 카페가 사람들이 함께 모여 다양한 이야기를 나눌 수 있는 공존의 장이 될 수 있기를 바라는 마음에서 시작했다고 한다. 이에 그가 운영하는 카페 허밍에 회원으로 등록된 고객만도 2,000명을 넘고, 카페는 단골들로 북적인다. 커피를 마시는 것을 넘어 작은 카페가 하나의 문화공간이 되고 있는 것이다.

커피의 열린 생태계가 공존으로 빛을 발하는 순간, 우리의 커피시장은 더욱 활발해지고 힘을 얻으리라 생각된다. 그리고 이것이야말로 커피로 모두가 행복해지는 순간이 아닐까 한다.

끊임없는 도전을 부추기다

열린 생태계를 통해 만날 수 있었던 이종훈, 안재혁, 이세나 등 세 바리스타의 공통점은 끊임없이 변화와 발전을 꾀했다는 점이다. 자신의 이력과 능력, 그리고 열린 생태계에서 공존하고 있는 전문가들과 함께 도전과 노력을 멈추지 않고 자신들의 목표를 위해 전진해 온 것이다. 이렇듯 커피의 열린 생태계는 기존의 사람들에게도 변화와 발전을 가져온다. 특히나 커피의 열린 생태계에서는 절대 불변의 정답이 존재하지 않는다. 자신이 하고 있는 레시피Recipe가 최고라고 여기고 이를 바탕으로 선의의 경쟁이 가능한 곳이 바로 열린 생태계이기 때문이다. 자신의 영역에서 자신의 방식이 통용된다는 점만으로도 매력적인 곳이 바로 커피의 세계이다.

커피는 나에게도 새로운 세계이자 인생의 정점에서 또 다시 무언가 배우고 도전할 수 있는 분야이다. 커피토크를 통해 나역시 많은 공부를 하게 되었고, 인터뷰를 통해 만난 사람들과 커피를 통해 만난 모든 사람에게서 새로운 정보를 얻고 습득할 수 있었기 때문이다. 언제부턴가 인터뷰만 받던 나였는데, 최근에는 나이는 어릴지라도 커피로는 배울 것이 참으로도 많은 사람들을 인터뷰하는 것도 나에게는 또 다른 재미이다. 그중에서 커피를 자신의 젊음이라고 이야기하며 끊임없이 도전을 하고 있는 바리스타가 있어 소개하고자 한다. 25살의 젊은 여성 바리스타가 WBCWorld Barista Championship, 월드바리스타챔피언십 국가대표로 선발되었다는 것만으로도 큰 주목을 끌었던 류연주 바리스타이다.

그녀는 앞서 이야기했던 안재혁 바리스타의 제자이기도 하다. 앳된 얼굴과 작은 체구로 얼핏 미소년처럼 보이는 류 바리스타에게서, 풍미가 깊은 커피보다는 싱그러운 커피체리의 모습이 보였던 것은 비단 그녀의 외향적인 모습 때문만은 아니었다. 그녀가 커피의 세계에 입문하게 된 계기는 어머니의 권유에서였다. 20살 대학 재학 시절 중 별다른 목표가 없었던 그녀는 우연히 서울시 YMCA에서 진행한 커피교육에 참가하게 되었는데, 2주 동안은 별다른 매력을 느끼지 못했다고 한다. 그러던 중 서울시 후원으로 동티모르의 커피농장을 방문한 후 커피의 매력에 빠져들게 되었고, 현재 WBC 국가대표의 자리에까지 오르게 되었다.

자신의 생일날 치러진 WBC 결승전에서 그녀는 자신이 우승하리라고는 생각지도 못했다. 우승자로 자신의 이름이 호명되자 그녀는 자신의 귀를 의심하며 잘못 들은 것은 아닐까란 생각을 했다고 한다. 하지만 우승이 어찌 단순히 운으로 결정되었겠는가. 류연주 바리스타에 대한 심사평 중 그녀의 강렬한 카리스마와 커피를 향한 집념에 대한 부분을 주목할 필요가 있다. 그녀는 동티모르 커피농장 방문 후 커피에 대한 집념으로 지금까지 그녀만의 커피 인생을 살고 있는 것이다. 그리고 이러한 노력이 대회에서 발휘된 것이다.

이토록 류연주 바리스타가 집념처럼 커피에 대해 노력하고 있는 이유는, 그녀에게 있어 커피는 자신의 '20대의 젊음' 그 자체이기 때문이다. 20대에 커피를 시작하여 한 번도 흔들림 없이 커피에 모든 것을 걸었고, 25살 때 WBC 국가대표로 선발되었으며, 앞으로도 계속해서 커피에 대한 도전을 멈추지 않겠다고 한다. 이 모든 일은 커피가 열린 생태계이기에 가능한 것이다.

어떤 일에 자신의 인생을 건다는 것은 그 일에 대한 믿음이 없다면 불가능한 일이다. 커피세계에서 이러한 믿음이 가능할 수 있는 것은, 열린 생태계에서는 도전을 받아들이고 도전을 통한 발전이 가능하기 때문이다. 류연주 바리스타와 같은 젊은 도전자들이 커피의 열린 생태계에 더욱 많이 등장하길 바란다.

아울러 직접적으로 커피를 만들지 않으면서도 커피의 세계에 입문하여 끊임없는 도전을 하고 있는 사람들도 있다. 나는 사람들에게 트렌드 변화를 알고 싶다면 꼭 서점을 가보라고 이야기한다. 새롭게 출간되는 책들은 대중들이 관심을 가지는 분야를 중심으로 하고 있기 때문이다. 최근 커피에 관련된 책들이 다양해지는 모습을 보면, 가히 우리나라의 커피 바람이 어느 정도의 위력을 가지고 있는지 알 수 있다. 그 주제도 다양하여 커피 사업을 하고자 하는 전문가로부터 취미로 커피를 즐기길 원하는 일반인들을 위한 책까지, 그야말로 많은 종류의 책들이 나와 있다. 그 중에서도 나는 커피와 관련된 전문잡지들을 좋아하고, 앞으로 커피잡지가 더욱 발전되리라는 기대를 하고 있다. 내가 기대하고 있는 잡지 중에『월간 커피』가 있다. 이 잡지는 내가 커피 세계에서 가장 먼저 접했던 매체이기도 하다.

『월간 커피』는 커피에 대한 관심이 지금에 비해 현저히 낮았던 2002년에 창간되었다. 발행인인 홍성대 대표는 본래 베이커리 전문잡지를 발간하고 있었다. 그러던 중 독일 쾰른에서 열리는 전시회에 참석하게 되었는데, 단순히 베이커리 전시회로 알고 참석했던 그곳에서 빵, 제과와 함께 커피를 전시하고 있는 모습에 적잖이 놀랐다고 한다. 지금은 너무도 당연하게 베이커리와 커피를 함께 판매하고 있지만 당시 우리나라에서는 이를 분리하여 판매하도록 규제했기 때문이다. 홍성대 대표는 그 순간 커피가 중요한 매개체가 될 것이라는 영감을 얻게 되었고, 그 길로『월간 커피』를 창간하였다.

이후 지금에 이르기까지 그는 커피의 열린 생태계가 더욱 활발해질 수 있도록 발판을 만들어오고 있다. 커피 전문잡지로 시작했지만 한국의 커피 문화를 발전시키고자 끊임없이 새로운 도전을 해왔는데, 전문서적을 비롯하여 카페쇼, 그리고 한국 바리스타의 위상을 높여줄 수 있는 한국바리스타챔피언십대회, 여기에 한국커피교육센터를 운영함으로써 인재양성에도 힘쓰고 있다. 2012년에는 매년 해오고 있는 카페쇼와 함께 월드커피리더스포럼을 개최하면서 세계적인 커피 전문가들을 한국으로 모으고, 한국 커피의 위상을 높임과 동시에 한국을 커피의 새로운 중심지로 만들겠다는 목표에 대한 도전을 한 바 있었다.

그가 이와 같은 도전을 끊임없이 하는 것은 단순히 마시는 즐거움, 보는 즐거움을 넘어 커피를 하나의 새로운 문화로 인식하기 때문이다. 홍성대 대표는 커피를 만드는 일에 최선을 다하면서 자신의 능력을 키우기 위해 도전하고 있는 사람들에게 좀 더 많은 능력을 펼치고 더 큰 도전을 할 수 있도록 판을 만들어주는 역할을 하고 있는 것이다.

이와 같이 커피 문화와 한국의 커피 판을 키우기 위해 도전을 멈추지 않고 있는 사람으로는 지영구 대표도 빼놓을 수 없다. 『월간 커피』와 더불어 커피에 대한 전문적인 정보와 소식을 전해주고 있는 전문잡지 『월간 커피앤티』의 발행인인 지영구 대표는 지인의 권유로 시작하여 커피의 열린 생태계에 들어서게 되었다. 2001년 커피 유통사업을 하던 지인이 당시만 해도 커피에 대해 전문적인 정보를 전해주는 매체가 없는 것에 아쉬움을 토로하며, 그에게 그러한 전문지를 창간해 보는 것이 어떠냐는 제안을 했다고 한다. 그렇게 시작하게 된 『커피앤티』는 현재 전문잡지를 비롯하여 WBC 선발전을 주관하고, 단행본을 출간하는 등 많은 일들을 해오고 있다. 오랜 시간 가장 가까운 자리에서 한국의 커피를 바라봐 온 지 대표는 급속도로 발전하는 커피시장을 보며 기쁨과 함께 아쉬움을 느끼고 있다. 빠른 성장과 함께 외형적으로 그 규모도 커진 한국의 커피산업이 국제시장에서는 그만큼의 위상을 떨치지 못하고 있기 때문이다. 이 점은 나 또한 아쉬워하는 바이다.

어떤 분야든 자신이 활동하는 범위 안에서만 최고를 지향해서는 인정받을 수 없다. 더 큰 시장을 보고 그 속에서 경쟁해야 진정한 고수가 되고 최고가 될 수 있다. 통계청 자료에 따르면 2016년 한국 성인 1인당 연간 커피 소비량은 413잔이었다고 한다. 커피 소비량뿐만 아니라 커피 판매 시장규모도 매년 성장하고 있다. 그럼에도 불구하고 국제적으로는 후진국 취급을 받고 있다고 한다. 분명 커피에 대한 관심이 높고 이를 즐기는 사람이 많음에도 불구하고 이런 취급을 받고 있다고 하니 커피를 사랑하는 한 사람으로서 썩 기분 좋은 이야기는 아니다.

그렇다면 한국의 커피산업이 선진화 반열에 들어서기 위해서는 무엇이 필요한 것일까? 지역적으로 고립된 활동에서 탈피하여 하루라도 빨리 국제무대로 진출해야 한다는 것이 지영구 대표의 생각이다. 현재 우리나라의 커피 관련 단체는 크게 3개의 단체로 대변되는데, 첫 번째는 KCA^{Korea Coffee Association, 한국커피연합회}로 커피를 수입하고 유통하는 업체들을 중심으로 이루어진 단체이다. 두 번째는 KCC^{한국커피협회}로 바리스타 자격시험을 주요사업으로 하고 있는 단체이다. 마지막 세 번째는 SCAK^{Specialty Coffee Association of Korea, 한국스페셜티커피}

협회로 로스터와 로스터리 카페가 주축을 이루고 있는 단체이다. 이러한 단체들이 각자의 위치에서 한국 커피산업의 성장과 위상을 높이기 위해 노력하고 있지만 지 대표는 이보다 앞서 국제적인 단체에 한국이 가입하여 함께 활동할 수 있어야 한다고 본다. 바로 ICOInternational Coffee Organization, 국제커피기구이다.

이 단체는 전 세계적으로 공인된 커피 관련 국제기구로, 생산자 보호에 초점을 두고 있는 다자간 협의기구이다. 1963년 ICAInternational Coffee Association, 국제커피협회에 따라 영국 런던에서 UN산하 국제기구로 발족하였다. 거대 다국적 기업의 도전에 직면한 커피시장을 보호하기 위해서 커피 수출국과 수입국이 모여 만든 정부기관인데, 크게 커피 수출입 간의 분쟁을 예방하고 커피 생산국의 빈곤을 줄이기 위한 공정거래와 커피 품질 향상, 개발 장려, 통계조사를 통한 시장 투명성 제고 등의 활동을 하고 있다.

특히나 한국의 ICO 가입이 필요한 이유에 대해 지영구 대표는 한국 커피시장의 수요를 고려하지 않은 묻지마 식 공급의 문제점을 꼽았다. 예전에는 한국의 커피시장이 인스턴트커피가 주를 이루고 있었기에 원두 공급에 대한 문제를 크게 생각하지 못했던 반면, 커피의 패러다임이 바뀐 이 시점에서는 장기적인 시각에서 보았을 때 불가피한 문제라는 것이다. 아울러 한국의 커피시장이 외향적으로 큰 성장을 이룬 반면 근간이 부족한 상황에서 국제적 기구와 함께 하는 것은 한국 커피시장의 뿌리를 단단하게 할 수 있는 기회가 될 것이라고 하였다.

　혹 국제기구의 가입이 한국의 커피 위상을 높이는 방법이 되겠느냐는 의구심을 가질지도 모르겠다. 하지만 한국의 커피가 세계적으로 확산되기 위해서는 이 같은 활동들이 필요하다. 아울러 우리가 국제적인 기구에 가입하지 않은 상태에서 생두 가격이 폭등하게 된다면 우리나라의 피해가 커질 것은 당연하다. 좀 더 적극적이고 구체적인 방법들이 논의되어야 할 것이다.

3) C.O.F.F.E.E–Fusion

한 잔의 커피는 참으로 복잡 미묘하고 다양한 매력을 가지고 있다. 요즘은 쉽게 마실 수 있는 에스프레소 한 잔을 위해서는 커피콩을 볶고 이를 곱게 갈아 압축된 힘으로 커피를 내리는 단순치만은 않은 단계를 거치게 된다. 이 밖에도 커피콩, 생두에서 커피를 추출하는 방법은 다양하다.

재미있는 점은 원두를 양, 온도, 시간 등의 모든 요소를 동일하게 한 상태에서 커피를 추출한 후 2개의 다른 잔에 내놓아 시음하게 하면 사람들이 이 둘을 전혀 다른 커피로 받아들인다는 점이다. 같은 커피라도 어느 잔에 마시느냐에 따라 다른 커피로 인식한다는 것인데, 브라질의 빌라 마다레나Vila Madalena에 있는 커피랩Coffee Lab에서 쉽게 볼 수 있는 모습이다. 2002년 바리스타 챔피언인 이자벨라브라질의 로스터리 카페인 커피랩에서는 에스프레소를 처음 주문한 고객에게 이와 같은 시음을 하게 했는데, 대부분의 고객들은 2개의 커피를 전혀 다른 커피로 인식했다고 한다. 이자벨라가 이 독특한 시음행사를 했던 이유는 에스프레소라고 하여 꼭 에스프레소 잔으로만 마셔야 한다는 틀을 깨고 싶었기 때문이라고 한다.

기존의 틀을 깨고 새로운 방식으로 커피를 대하는 것, 이는 커피가 이런 다양성들을 바탕으로 한 융·복합이 가능한 분야이기 때문이다. 현재는 소셜미디어시대이며 또한 융·복합의 시대이다. 누가 얼마만큼 자신이 가지고 있는 다양한 능력을 융·복합하여 새로운 능력으로 만들어내는지에 따라 경쟁력이 달라질 수 있다. 커피는 다양한 융·복합이 가능한 분야이다.

다양한 '맛'에 눈을 뜨다

음료로서 커피는 다른 재료들과의 융·복합을 통해 새로운 메뉴를 만들어낸다. 카페라떼^{Caffe Latte}는 커피와 우유의 결합을 통해 만들어진, 가장 쉽게 볼 수 있는 퓨전^{Fusion} 음료이다. 커피의 퓨전은 이러한 다양한 융·복합을 통해 새로운 것을 만들어낼 수 있는 무한한 가능성을 가지고 있다.

누군가는 이러한 커피의 퓨전이 커피의 본질을 깨뜨려버린다는 우려를 표하기도 한다. 하지만 이는 융·복합에 대한 이해가 부족한 데서 생기는 오해로, 융·복합을 제대로 이루기 위해서는 본질^{Core}에 대한 충분한 이해가 있어야만 한다는 점을 알아야 한다. 커피라는 본질을 잊어버리고 하는 무분별한 융·복합은 절대 퓨전이라 할 수 없는 것이다. 그렇기에 커피에서의 퓨전은 커피의 새로운 맛을 창출하는 중요한 요소이다. 이것은 내가 꼽는 커피의 가장 큰 매력 중 하나이기도 하다.

나는 커피가 가지는 가장 아름다운 맛은 '산미^{酸味}'라고 생

커피체리

각한다. 커피의 원재료인 생두는 커피체리로부터 나오는데, 커피체리의 형태에서는 과즙이 존재한다. 그렇기에 생두를 약하게 볶게 되면 강하게 볶은 생두에 비해 상대적으로 커피체리가 가지고 있는 과육의 맛을 더 많이 느낄 수 있다. 이렇게 과육과 과즙에서 느낄 수 있는 맛이 바로 산미이다. 신맛으로 표현할 수 있는 산미는 김치와 와인에서도 중요한 요소인데, 커피의 퓨전을 만들어낼 때 이러한 '산미'를 얼마만큼 이끌어내느냐가 관건이 된다.

특히나 이는 커피에 우유를 섞을 때 명심해야 하는 부분인데, 커피는 애초에 산도Acidity를 포함하고 있다. 여기에 소의 젖을 짠 후 발효 과정을 거쳐 가공시킨 다음에 나오는 우유를 섞을 때 잘못하면 맛에서 찝찝함을 느낄 수 있기 때문이다. 이를 해결하는 방법으로는 커피의 초콜릿 맛에 초점을 두는 방법이나 원두를 얼마만큼 볶았는지 또는 어느 원두를 블렌딩할 것인지에 대해 초점을 두는 방법 등이 있다. 원두에 초점을 두는 이유는, 홍차의 경우를 생각해보면 쉽게 이해가 된다. 홍차의 경우에도 우유를 섞어 마시는 홍차와 그렇지 않은 홍차의 종류가 다른데, 커피의 원두도 이와 같다.

　스타벅스의 경우 라떼류가 대표 음료로 인기가 많은데, 바로 우유와 섞을 때 맛을 증가시킬 수 있는 원두의 로스팅을 선택하기 때문이다. 즉 강하게 볶은 커피에 우유와 시럽을 더해 스타벅스만의 새로운 음료를 만들어내는데, 커피의 본질을 이해하지 못한다면 절대 만들어낼 수 없는 퓨전 음료라 하겠다. 또한 커피는 커피체리^{생두}로부터 나왔지만 그것을 볶는 정도에 따라서 단맛, 쓴맛, 신맛, 짠맛 중 맛의 포인트가 달라지면서 천차만별의 맛을 낸다.

　커피와의 융합으로 새로운 맛을 선사하는 것은 우유만이 아니다. 오스트리아의 샬레골드Schale Gold가 그 예로, 계란을 넣은 커피이다. 요즘 젊은 사람들은 낯설지 모르겠으나 옛 다방 문화 시대에 우리나라에도 계란을 넣은 커피가 존재했었다. 쌍화차가 그것이다. 샬레골드도 이와 비슷하다. 커피에 우유와 함께 계란노른자를 넣어 마시는데, 커피의 산미에 우유와 계란노른자가 가진 고소함이 더해져 별미를 느낄 수 있다.

그리고 전혀 어울릴 것 같지 않은 조화도 있는데, 2008년 한국인삼공사에서 내놓은 '홍삼커피茶'가 그것이다. 홍삼에 커피를 더함으로써 약의 이미지가 강한 홍삼을 커피와 같이 음료화한 사례이다. 이렇게 서로 어울리지 않을 듯하면서도 별미를 내는 커피로는 '아이리시 커피Irish Coffee'가 있다. 아이리시 커피의 시초에 대해서는 두 가지 설이 있는데, 하나는 아일랜드 더블린공항Dublin Airport 측이 고객서비스 차원에서 추운 승객들에게 제공하던 칵테일이란 설이다. 다른 하나는 제2차 세계대전이 끝난 직후에 아일랜드 서부에 있는 샤논Shannon 국제공항의 한 술집 주인에 의해 처음 만들어졌다는 설이다. 어쨌든 아이리시 커피는 블랙커피와 위스키, 생크림이 어우러진 커피로, 커피를 마실 때에는 숟가락으로 크림과 커피를 섞지 말고 크림 사이로 커피가 흘러나오도록 하면서 크림과 커피를 동시에 맛보는 것이 좋다.

커피와 술의 조합으로 만들어지는 커피로는 '카페로얄Cafe Royal / café royale(프랑스)'도 있다. 말 그대로 '왕족의 커피'인 카페로얄은 나폴레옹이 즐겨 마셨다고 해서 더욱 유명세를 타게 된 커피다. 마시는 방법은 두 가지가 있는데, 하나는 각자의 기호에 맞게 일정량의 설탕을 넣어 녹인 커피의 표면에 브랜디Brandy를 붓고 불을 붙인 후 잠시 두었다가 스푼으로 섞어 마시는 것이다. 다른 하나는 브랜디를 더한 각설탕을 스푼에

올린 후 불을 붙여 커피 속에 이를 가라앉혀 섞어 마시는 방법이다. 브랜디를 더한 각설탕에 불을 붙이면 푸른 불빛이 올라오며 흔들리기 시작하는데, 이때 주변을 어둡게 하면 환상적인 분위기를 연출할 수 있는 매력적인 메뉴이다. 혹시 나폴레옹도 이러한 매력적인 푸른 불꽃에 매혹된 것이 아닐까.

그리고 더운 여름이면 더욱 생각나는 '아포카토Affogato'가 있다. 아포카토는 이탈리아의 대표적인 디저트로, 아이스크림 위에 진하게 추출한 에스프레소를 끼얹어 만드는 커피다. 커피와 아이스크림의 조합으로 만들어진 메뉴인데, 황제가 즐겨 먹은 커피로도 알려져 있다. 아포카토는 이탈리아어로 '끼얹다'라는 뜻이며, 집에서도 쉽게 만들어 먹을 수 있다. 잔에 아이스크림을 준비한 후 에스프레소를 붓는데, 처음에는 잔 벽을 타고 흐르도록 조심스럽게 부은 후 1/3 정도는 아이스크림 위에 끼얹으면 된다. 물론 기호에 따라 커피와 아이스크림의 양을 조절할 수 있고, 붓는 양도 조절할 수 있다.

또한 최근에는 우유와 커피의 조합으로 만들어지는 라떼류 커피음료에 우유 대신 두유를 활용하기도 한다. 스타벅스에는 두유를 넣는 커피음료가 따로 준비되어 있을 정도이고, 두유를 전문적으로 제조, 유통하는 정식품에서는 커피와 두유를 결합한 음료 제품을 출시하기도 하였다.

아울러 커피의 융·복합은 다양한 방법으로 추출된 커피

와의 결합도 가능하게 한다. 그 중 세계에서 가장 오래된 커피 추출법으로 알려져 있는 터키식 커피, 일명 체즈베 이브릭 커피에서도 이러한 융·복합을 볼 수 있다. 2011년 SCAE WORLD OF COFFEE 챔피언십 대회 체즈베 이브릭CEZVE IBRIK 커피 부문에서 배진설 바리스타는 자신만의 방법으로 만든 시그니처 커피로 챔피언십 자리에 올랐다.

체즈베 이브릭 커피부문 대회에서는 총 여섯 잔의 커피를 심사 받는다. 터키식 추출법을 사용하는 두 잔의 플레인 커피와 뜨거운 디자인 음료 두 잔, 그리고 차가운 디자인 음료 두 잔을 제한된 12분 안에 각각 심사위원에게 제공하여 심사를 받는다. 여기에서 배진설 바리스타는 구하기 쉬운 재료를 바탕으로 한 퓨전 디자인 음료를 만들어냈다. 바로 라벤더, 유자 등을 활용한 퓨전 디자인 음료이다. 커피는 이렇듯 애초부터 융·복합이 가능하도록 가능성을 열어 두고 있다.

이뿐만 아니라 커피는 생두나 원두 상태에서도 융·복합이 가능한데, 바로 블렌딩이 그 시작이다. 이 세상에는 좋은 생두가 정해져 있는 것이 아니라 어떻게 블렌딩하고 로스팅하느냐에 따라 커피의 맛이 결정된다고 한다. 블렌딩Blending이란 특성이 다른 두 가지 이상의 커피를 혼합하여 새로운 향미를 가진 커피를 창조하는 것을 말한다. 즉 커피 블렌딩은 각각의 원두가 지닌 특성을 적절하게 배합하여 균형 잡힌 맛과 향기를 내는 과정인 것이다.

최초의 블렌딩 커피는 인도네시아 자바커피와 예멘, 에티오피아의 모카커피를 혼합한 모카 자바Mochao-Java로 알려져 있다. 커피는 원두의 원산지, 로스팅 정도, 가공 방법, 품종에 따라 혼합 비율을 달리하면 새로운 맛과 향을 가진 커피를 만들 수 있다. 또 질이 떨어지는 커피도 블렌딩을 통해 향미가 조화로운 커피로 만들 수 있는 매력을 가지고 있다.

블렌딩을 하는 방법은 크게 두 가지로 나눌 수 있다. 하나는 BBRBlending Before Roasting, 선 블렌딩 후 로스팅로 기호에 따라 미리 정해 놓은 생두를 혼합하여 동시에 로스팅하는 방법이다. 한 번만 로스팅한다는 편의성과 블렌딩한 후 커피의 색이 균형적이라는 장점을 가지고 있다. 하지만 2개 이상의 생두에 대한 공통된 로스팅 정도를 결정하기 어렵다는 단점도 있다. 다른 하나는 BAR선 로스팅 후 블렌딩로 각각의 생두를 로스팅한 후 블렌딩하는 방법이다. 정점에서 로스팅 된 원두를 서로 혼합하여 풍부한 맛과 향을 얻을 수 있는 장점이 있다. 그러나 혼합되는 가짓수만큼 일일이 로스팅을 해야 하고, 생두에 따라 로스팅 정도가 다르므로 블렌딩 커피의 색이 불균형하다. 두 가지 방법 중 어느 것이 더 우월한 맛을 내는 블렌딩이라고 꼬집어 말할 수 없다. 로스터의 능력과 방법에 따라 맛이 달라지기 때문이다.

'커피라디오' 김기일 대표의 경우는 BBR선 블렌딩 후 로스팅 방식을 선택하고 있다. 그는 그 이유를 우리가 흔히 먹는 콩밥에 비유한다. 대부분의 콩밥은 콩과 쌀을 각각 따로 익혀 이를 섞어 콩밥으로 만들어내지 않는다. 물론 이와 같은 방식으로 콩밥을 만들 수는 있겠지만, 콩과 쌀을 함께 섞어 밥을 했을 때의 풍미와 맛을 이 둘을 따로 익혀서 섞었을 때는 느끼기 어렵다. 즉 김 대표는 생두를 각각 로스팅한 후 섞었을 때에는 그 각각의 고유한 맛은 느낄 수 있을지 몰라도 이를 블렌딩했을 때만 느낄 수 있는 풍미는 절대 따라갈 수 없다고 생각하여 BBR 방식을 택하고 있다고 한다.

정답이 없기 때문에 혁신이 더욱 눈에 띄게 일어날 수 있는 것이 바로 커피가 아닐까 한다. 그리고 한국의 커피가 이토록 눈부신 발전을 할 수 있었던 것은 열린 생태계 속에서 각자 자신만의 방법과 노력으로 융·복합을 만들어내고 있는 숨은 실력자들이 있었기에 가능했을 것이다. 이는 커피를 즐기는 사람들에게는 너무나 멋진 일이 아닐 수 없다.

커피의 다양한 맛 중 하나로 우리나라에서 시작되어 해외에서 더 큰 인기를 얻고 있는 것도 있다. 바로 한국인의 '다방커피'에서 빠질 수 없는 프림이다. 커피는 다른 나라에서 들어온 것이지만 프림은 한국의 독자기술로 개발한 식품이다. 1974년 동서식품이 우유로 만들었던 커피 크리머creamer를 식물성

크리머 '프리마'로 대체시켰다.

프리마의 인기는 실로 대단하였다. 우리가 커피 크리머를 프림이라고 부르는 것도 그 인기로 인해 프리마란 제품이 보통명사화됐기 때문일 정도이다. 프리마는 기존 커피 크리머에 비해 물에 잘 녹고 쉽게 상하지 않았으며, 한국인의 입맛을 사로잡기에 부족함이 없었다. 하지만 한국의 커피문화가 원두커피 중심으로 변화하면서 자연스럽게 프림에 대한 인기도 점차 사그라들었다. 그러나 프림은 해외에서 현지 음료 문화에 맞추어 다양한 형태로 변화하며 또 다른 인기를 얻어 가고 있다.

그 모습을 살펴보면, 러시아에서는 프림을 열량을 보충해주는 음료 첨가제로 사용하고 있다. 1991년 블라디보스토크 보따리상들에 의해 러시아에 프림이 소개되었을 때부터 지금까지 기존 음료에 프림을 넣어 마시면서 이를 식사 대용으로까지 활용하고 있다. 러시아에서는 음료에 분유를 넣어 마시는 것을 즐기는데, 코코아를 마실 때에도 아이스크림이나 분유 대신에 프림을 넣는다. 커피 한 잔으로 아침 식사를 대신하고자 하는 직장인들이 프림을 잔뜩 넣은 커피를 마실 정도이다.

프림은 동남아시아에서도 인기를 얻고 있다. 여기서는 우리가 프림을 활용했던 것과 비슷하게 커피믹스와 같은 인스턴트 제품으로 활용하고 있는데, 프림과 차를 넣은 티믹스 제품으로까지 활용성을 확대하고 있는 것이 특징이다. 이러한 티

믹스 제품 등은 프림 버블티와 같은 또 다른 인스턴트 제품들을 만들어내며 디저트로 인기를 누리고 있다고 한다. 이러한 인기에 힘입어 프림은 현재 전 세계 20개 국 이상에 수출되면서 각 나라에서 음료들과의 새로운 융·복합을 보여주고 있다. 커피의 퓨전이 비단 커피만을 변화시키는 것이 아니라 커피를 중심으로 하여 그와 연결된 다른 것들도 함께 변화시키는 매력적인 분야임을 충분히 느낄 수 있게 한다.

각양각색의 '멋'에 눈을 뜨다

커피의 퓨전에서 가장 쉽게 접할 수 있는 것은 앞서 이야기한 우유와의 융·복합이다. 이미 너무나 대중적이어서 커피와 우유가 합쳐진 음료를 커피 자체로 보기도 하는데, 커피와 우유를 통해 새롭게 만들어진 퓨전 분야에는 이런 음료 외에도 '라떼아트Latte Art'가 있다.

라떼아트는 1980년대 후반 미국의 시애틀에서 시작되었다. 에스프레소 비바체Espresso Vivace의 데이브 쇼머Dacid Schomer가 나뭇잎 모양의 라떼아트를 일컫는 '로제타'를 선보이며 대중화가 시작된 것으로 알려져 있다. 이후 커피에 우유를 부어 만든 이런저런 모양들을 발전시켜 지금의 라떼아트가 되었는데, 이것도 발전하여 최근에는 글씨를 쓰거나 거품을 이용해 입체감을 준 3D 라떼아트도 등장하였다. 나아가 각종 빵이나 과일 등을 얹어서 꾸미는 다양한 응용이 나타나고 있다. 맛으로 먹는 커피를 넘어 눈으로 보는 멋에까지 눈을 뜨게 하는 라떼아트는 인스타그램에서 해시태그로 검색을 하면 약 28만 개가 검색될 만큼 인기가 많다. 그래서 어떤 이들은 '라떼아트'를 커피의 새로운 매력으로 꼽는 것에 주저하지 않는다.

커피에 뜨거운 거품 우유를 넣어 하트, 나뭇잎, 꽃 등 여러 가지 모양을 연출하는 라떼아트는 그야말로 하나의 작품이자 예술이다. 국내에도 이런 라떼아트 전문가가 있다. 바로 라떼아트계의 꽃미남 바리스타로 통하는 장현우 바리스타이다. 장 바리스타는 이러한 라떼아트를 자신의 경쟁력으로 가지고 있으며, 『Latte Art Coffee Design Book』의 저자이기도 하다. 특히 그의 라떼아트 작품 중 '불꽃놀이'나 '키스' 등은 마시는 것이 아까울 정도로, 바라만 보고 있어도 매력에 빠져드는 예술 작품이다.

그가 라떼아트를 시작한 것은 10여 년 전으로, 당시 베이커리와 요리에 관심을 가지고 있던 그는 프랑스로 유학을 가려고 준비하고 있었다. 그러다 에스프레소의 매력에 빠져들어

유학을 포기하고 바리스타로서의 길을 걷게 되었다. 라떼아트에 관심을 가지고 있지만 본질을 잃지 않기 위해 커피에 대한 공부를 놓치지 않았던 그는, 라떼아트는 커피를 위한 하나의 데커레이션 기법이라 말한다. 즉, 본질과 예술을 모두 아우르는 것이 진정한 커피라는 것이다. 이것이야말로 커피의 퓨전의 핵심이다.

앞서 이야기했듯이 본질을 잃은 퓨전은 진정한 융·복합이 아니다. 라떼아트의 매력에 빠진 사람들 중에 '커피'는 뒷전이고 '테크닉'에만 집중하는 사람들이 있는데, 장현우 바리스타는 '라떼아트'를 커피로 정확히 개념화하고 있다. 이는 그가 라떼아트를 눈으로 보는 예술작품이 아닌, 마시는 음료로서의 커피로 생각한다는 의미를 내포하고 있다. 비록 아트라는 말이 붙어 하나의 예술작품처럼 느껴지는 '라떼아트'이지만, 이 또한 커피를 즐기는 사람들을 위한 배려 중 하나라는 생각인 것이다.

옛말에도 "보기 좋은 떡이 맛도 좋다"라고 했다. 미각과 후각, 그리고 눈으로 보면서 즐기는 시각이 합쳐져서 커피를 통한 즐거움을 온전히 느낄 수 있게 하는 것이 '라떼아트'인 것이다. 그렇기에 장현우 바리스타는 '라떼아트'를 하고자 하는 사람들에게 '균형'을 강조한다. 이는 내가 커피의 융·복합에서도 중요하게 생각하는 부분이다. 본질을 중요시하는 이유도 그것이 이러한 '균형'을 맞추기 위한 기본이 되기 때문이다. 라떼아트에서의 균형은 커피의 본질인 로스팅과 에스프레소를 추출하는 부분을 테크닉과 함께 중요하게 생각할 때 이루어질 수 있다.

라떼아트는 그 말 자체에서도 느껴지듯이 '카페라떼'를 기본으로 하고 있다. 카페라떼는 에스프레소와 뜨거운 우유를 섞어 만든 음료로, 에스프레소와 우유의 비율도 중요하고, 우유와 섞였을 때에도 커피의 풍미를 느낄 수 있도록 하는 에스프레소도 중요하다. 장 바리스타의 라떼아트는 이런 기본을 지키고 있기에 그 맛과 미美를 함께 즐길 수 있고 인정받는 것이다. 그렇기에 나는 장현우 바리스타를 본질과 예술을 적절하게 조화시키는 디자이너라고 칭하고 싶다.

특히 라떼아트는 온전히 바리스타의 능력으로 만들어지고, 바리스타의 컨디션에 따라 그 작품에 차이가 생긴다. 그도 스스로 이런 특성을 알고 있기에 컨디션에 따라 그 결과가 달라지지 않게 끊임없이 공부하고 노력한다. 그가 라떼아트 연습을 위해 하루에 사용하는 우유의 양은 수백 잔이다. 비용면에서도 큰돈임에도 불구하고 그가 멈추지 않고 계속 연습에 연습을 더하고 있는 이유는, 커피를 업으로 하고 있는 그에게 라떼아트는 바리스타로서의 선택이 아니라 필수라고 생각하기 때문이다.

장현우 바리스타를 만나 그가 직접 보여주는 라떼아트를 접했을 때 나는 그의 커피 인생을 느낄 수 있었다. 그의 손끝에서 탄생하는 잔 위의 예술이 그의 감성을 느낄 수 있게 했고, 섬세한 손놀림에서 그가 얼마나 커피에 무한한 애정을 가지고 있는지 알 수 있었기 때문이다. 그리고 보기에도 아까운 그 커피의 맛 또한 지금까지 먹어 본 카페라떼 음료 중 손에 꼽힐 만큼 훌륭했다. 예술성과 맛의 조화로움을 갖춘 최고의 커피였다.

라떼아트의 매력인 예술성과 맛의 조화를 중시하는 사람으로는 『Coffee T&I』의 편집장이자 CBSC의 바리스타인 이영민 대표도 있다. 그는 라떼아트의 원조에 속하는 사람이다. 인터뷰하는 날, 그는 9가지의 라떼아트를 보여주었다. 바람개비, 하트 인 하트, 버터플라이, 강아지, 곰, 꽃, 로제타_{나뭇잎}, 프로펠

러, 커피꽃 등, 그가 보여준 라떼아트는 이름에서 느껴지듯 흥미로운 모양을 하고 있었다. 그러나 이보다 더 흥미로웠던 것은 그가 라떼아트를 시작하게 된 계기였다.

그는 이전에 영국의 유명 차Tea 총판과 커피사업을 하는 회사에서 마케터로 근무했었다. 당시 해외 콘텐츠를 접할 기회가 많았는데, 한 장의 사진을 보고 호기심이 생겼다고 한다. 잔에 담긴 커피 위에 나뭇잎이 그려져 있는 사진이었는데, 당시에는 이를 사람이 직접 만들었다는 생각을 하지 못하고 합성일 것이라 생각했다고 한다. 이것이 라떼아트라는 분야임을 알게 된 후, 그는 1년여의 시간 동안 혼자서 공부하며 그 방법을 터득하였다. 그 후에는 커피 강의를 하면서 수강생들에게 커피에 대한 흥미와 재미를 더해주기 위한 방편으로 라떼아트를 활용하였다.

이영민 대표는 이러한 라떼아트를 20초의 예술이라고 말한다. 짧은 시간 안에 끝내야만 맛을 유지할 수 있기 때문인데, 특히나 라떼아트는 요리와 함께 공기와의 배합이 중요하다. 흔히 라떼아트는 커피 위에 우유 거품으로 그려내는 것이라 생각하는데, 부어지는 것이 옳은 표현이라는 것이 그의 설명이다. 특히나 공기는 커피와 우유의 맛을 잡는 중요한 요소가 되는데, 커피의 크레마와 같은 비율의 우유 거품을 만들어 이를 20초라는 짧은 시간 안에 부어가며 원하는 모양을 디자인

하는 것이야말로 진정한 라떼아트라고 할 수 있다.

크레마Crema는 에스프레소에 있어 단열층의 역할을 하여 커피가 빨리 식는 것을 막아주고, 커피의 향을 함유하고 있는 지방 성분을 많이 지니고 있어 보다 풍부하고 강한 커피향을 느낄 수 있게 해주며, 그 자체가 부드럽고 상쾌한 맛을 지니고 있다. 이런 크레마는 추출 후 점차 없어지기 마련인데, 크레마가 사라지기 전에 우유 거품을 부어내는 것이 중요한 이유도 여기에 있다. 이렇게 만들어진 라떼아트는 보기에만 좋은 커피가 아닌, 커피와 우유가 결합되는 카푸치노, 카페라떼와는 또 다른 맛을 내는 전혀 다른 종류의 커피가 된다. 커피의 본질인 맛에 눈으로 즐기는 커피의 매력을 더하는 것이 바로 라떼아트인 것이다.

한편, 커피의 다양한 추출법들도 커피에 매혹될 수밖에 없는 이유 중 하나로 꼽을 수 있다. 바리스타의 부드러우면서도 테크니컬한 스냅으로 만들어지는 핸드드립Hand Drip은 물론이고, 구球 모양의 유리를 가열하면서 생기는 증기압을 이용하여 커피를 추출하는 '사이폰 커피Syphon Coffee'도 커피애호가들의 눈을 즐겁게 하는 매력을 가지고 있다. 이러한 사이폰 커피의 대가로는 2012 WSCWorld Syphonist Championship, 월드 사이포니스트 챔피언십 국가대표 선발전에서 우승한 정소리 바리스타가 있다.

본래 파티 플래너를 꿈꾸던 정 바리스타는 2009년 커피에 입문하였고, 내가 그녀를 처음 만났을 때는 4년 정도의 짧은 경력을 갖고 있었다. 그 당시 강남대로에서 가장 인기 있는 커피전문점 중의 하나인 '레이나 커피Leina Coffee'에서 하루하루 꿈을 이루기 위해 최선을 다하고 있었다. 그녀는 자신만의 지론을 가지고 있었다. 사람마다 각각의 특색이 있고, 각기 다른 개성을 가진 다양한 사람들이 세상에 존재하고 있는 것처럼, 커피 또한 다양함을 가지고 있어야 한다는 것이다.

이런 정소리 바리스타가 주력으로 하고 있는 사이폰 커피는, 얼핏 보기에는 '커피 추출기'라기보다는 흡사 학창 시절 과학실에서 보았던 비커와 같은 과학 도구로 보인다. 화려해 보이는 추출기구인 사이폰은 상·하단 두 개의 유리용기로 구성되어 있고, 하단 용기의 물이 끓어 커피 가루가 있는 상단으로 올라오면 스틱을 사용해 잘 섞어 주고, 그 후 커피가 다시 하단으로 내려오는 방식이다. 추출시간은 1분을 넘지 않도록 하는 것이 방법이다. 이런 사이폰 커피의 장점은 산미를 조절할 수 있는 데 있다. 즉, 다양한

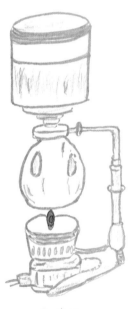

Syphon

사람들의 입맛에 맞출 수 있는 커피 추출법인 것이다.

정 바리스타가 사이폰 커피의 매력에 빠지는 데에도 이런 요소가 크게 작용하였다. 파티 플래너가 다양한 사람들의 각기 다른 즐거움을 위해 최선을 다하는 것처럼, 바리스타는 커피를 즐기는 사람들에게 각기 다른 맛의 즐거움을 전달하는 것이 비슷했기 때문이다. 아쉽게도 아직은 '사이폰 커피'가 대중화되어 있지 못해 많은 사람들이 즐기지 못하고 있지만, 1980년대에는 다방에서 유행을 일으켰던 커피이기도 하다.

정소리 바리스타는 사람이 좋아 커피를 시작하게 되었고, 자신이 좋아하는 사람들에게 좋은 커피를 제공할 수 있어 행복하다고 말한다. 그렇기에 특별함보다는 진정성으로 커피 인생을 살아가고 싶다는 그녀이다. 그녀의 사이폰 커피 사랑이 계속되길 바라며, 그 사랑이 더욱 많은 사람들에게 전해져 커피로 행복해지는 세상이 되기를 기원한다.

이 밖에도 커피의 추출방법은 다양한데, 크게 달임법 Decoction, 우려내기Infusion, 여과법Brewing, 가압추출법Pressed Extraction 4가지로 볼 수 있다.

첫 번째 달임법은 추출용기 안에 물과 커피가루를 넣고 짧은 시간 동안 끓인 후 커피가루를 가라앉히는 방법이다. 터키쉬 커피Turkish Coffee가 여기에 해당한다. 터키쉬 커피는 뒤에서도 이야기하겠지만, 가장 오래된 커피 추출기구인 이브릭

coffee machine

cezve ibrik

Ibrik이라는 기구를 사용하여 추출하는 특징이 있다. 두 번째 우려내기는 추출용기 안에 물과 커피가루를 넣고 커피 성분이 용해되기를 기다리는 방법이다. 세 번째 여과법은 추출용기 안에 커피가루를 넣고 그 위에 뜨거운 물을 부어 커피액을 밑의 용기에 떨어뜨려 추출하는 방법으로 쉽게 알고 있는 핸드드립, 커피메이커가 이에 해당한다. 혹은 푸어오버Pour-over 방법도 있다. 푸어오버는 '쏟다, 엎지르다'라는 뜻으로 분쇄된 커피가루에 뜨거운 물을 부어 추출한다. 네 번째로 가압추출법은 분쇄된 커피가루에 뜨거운 물을 압력을 가해 통과시켜 추출하는 방식으로 에스프레소와 모카포트가 해당한다.

　모카포트는 상하 포트로 구성되어 있으며 중간에 커피가루를 채우는 용기바스켓가 있다. 하단 포트에서 물이 끓기 시작하면 그 수증기의 압력으로 바스켓을 통과하여 상단 포트에 추

Mocha Pot   French press

출되는 방식이다. 모카포트라는 이름은 이탈리아의 비알레띠 社의 대표적인 모카포트인 모카 익스프레스Moka express에서 유래하였다.

마지막으로 우려내기와 가압추출방법이 혼합된 추출법이 있는데, 프렌치 프레스French press가 여기에 해당한다. 프랑스 메리오르Merior사에서 1950년대에 개발한 커피포트로 추출하는 방법이다. 본체 상부의 손잡이를 이용해서 거름망을 아래로 내리면 커피가루를 눌러 커피액을 추출할 수 있도록 되어 있다. 여담으로, 국내에서는 이 제품이 홍차를 우려내기 위한 도구로도 알려져 있는데, 홍차를 맛있게 우려내기 위해서는 손잡이로 찻잎을 누르지 않는 것이 좋다.

이런 각각의 추출방법에 따라서 커피의 맛이 달라지기 마련이다. 크게 보면 핸드드립이라는 같은 추출방법임에도 페이퍼드립Paper Drip은 주로 깔끔한 맛의 커피를 추출할 수 있고, 융 드립Flannel Drip은 진하고 부드러운 커피를 추출할 수 있다. 같은 커피콩으로도 다양한 로스팅과 블렌딩, 추출방법의 조합으로 색다른 커피 맛을 볼 수 있을 뿐 아니라 눈도 즐겁게 하는 것이 바로 커피가 가진 퓨전의 매력이다.

'새로움'에 눈을 뜨다

커피의 퓨전은 전혀 생각지도 못한 분야의 융·복합으로도 나타난다.

우리 주변에는 아침에 커피를 즐기는 사람들이 많다. 업무를 시작하기에 앞서 한 잔의 커피를 마시는 것이 너무나 자연스럽다. 향긋한 커피로 하루를 시작하는 일상을 즐기는 것이다. 이에 시끄러운 알람소리 대신 커피를 준비하며 아침잠을 깨우는 제품이 만들어졌다고 한다. 독일의 디자이너가 고안한 것으로 알람시계와 커피메이커를 일체화한 것이다. 잠자기 전 재료를 준비해두고, 아침에 일어나자마자 갓 끓인 커피를 마실 수 있게 한 알람시계인데, 커피를 내리기 위한 비커에 담긴 물이 일정온도에 도달하면 알람소리가 나는 것이다. 알람과 커피의 퓨전으로 만들어진 이 재미있는 제품은 우리의 일상에서 커피가 얼마나 크게 자리 잡고 있는지를 알 수 있게 하는 사례이다.

또 다른 재미있는 사례로는 부동산&카페가 있다. 카페와 부동산이 합쳐진 곳으로 부동산 업무를 보면서 아메리카노 Americano 등 다양한 음료를 마실 수 있는 바Bar가 함께 있다. 부동산에서 마시는 커피라고 하면 흔히 믹스커피를 떠올리게 된다. 그런데 이곳은 믹스커피에서 확대하여 카페를 부동산과 함께 융합시킨 것이다. 커피가 가지고 있는 소통의 매개체라는 특성과 부동산이 가지고 있는 정보성이 융합되어 새로운 콘셉트를 만들어낸 재미있는 사례라 하겠다.

커피가 소통의 매체가 되어, 카페에서 시작하여 세계적인 보험회사가 된 사례도 있다. 바로 로이드 보험회사Lloyd's S. G. System의 근원이 된 로이드 커피하우스Lloyd Coffee House이다. 로이드 커피하우스는 당시 재력으로나 정치적으로 힘이 있는 사람들이 모여드는 장소였다. 어느 날 무역을 하던 선박회사가 파산의 위기에 처하는 일이 벌어졌다. 당시에 커피하우스에 있던 사람들은 이 선박회사를 위해 십시일반 돈을 모았고, 그 선박회사의 파산을 막을 수 있었다. 돈을 모은다고 해서 파산을 막을 수 있다는 보장이 없었음에도 불구하고 사람들은 그저 믿음만으로 지금의 보험과도 같이 돈을 투자한 것이다. 그렇게 로이드 커피하우스는 자연스럽게 지금의 로이드 보험회사가 되었다. 물론 처음부터 커피와 보험을 퓨전한 것은 아니었겠지만 커피와 커피를 통해 만나는 사람들이 그저 친목

도모만을 위함이라는 고정관념을 깨버린, 생각의 퓨전이라 하겠다.

아울러 시간과 커피를 조합한 새로운 형태의 카페도 등장하고 있다. 최근 들어 커피 한 잔을 시켜 놓고서 하루 종일 자리를 차지하고 있는 얌체 손님들로 인하여 힘들어 하는 동네 카페들이 늘고 있다는 기사를 종종 보게 된다. 이에 오히려 커피는 무료로, 시간을 유료로 판매하는 카페가 등장하였다. 바로 영국의 지퍼블랏Ziferblat이다.

2011년 러시아에서 처음 등장한 시간제 카페 지퍼블랏은 러시아어와 독일어로 시계판을 뜻하는 'zifferblatt'에서 비롯된 이름이다. 지퍼블랏은 2년 동안 10개의 지점을 내며 성장했는데, 러시아를 넘어 영국 런던에까지 진출하게 되었다. 지퍼블랏에서는 1분당 가격을 책정하고, 그 공간 안에서 원하는

시간 동안 자유롭게 커피를 마시고 음식을 먹으며 자신의 시간을 쓸 수 있다. 1시간 비용을 계산해 보았을 때 스타벅스에서 마시는 아메리카노 한 잔 가격보다 싸다고 하니 이용률도 높일 수 있을 뿐만 아니라, 커피 한 잔에 하루 종일 자리를 차지하고 있는 손님 때문에 골치 아팠던 주인도, 잠깐 앉아 있기 위해 비싼 커피값을 지불해야 했던 손님에게도 좋은 해결책이 되었다. 이는 시간과 커피를 퓨전한, 역발상이 돋보이는 신선한 사례이다.

또 다른 사례는 커피&된장이다. 경기도 남양주 조안면에 위치한 커피박물관으로 가는 길에 위치한 이 카페는 커피와 된장을 한 곳에서 판매하는 특이한 콘셉트의 카페이다. 된장과 커피, 어쩌면 이질적으로 느껴지고 공통점이라고는 없을 것 같은 두 가지의 융·복합은 새로움을 느끼게 한다. 퓨전에 있어 본질을 떼어놓고서는 이루어질 수 없다고 했는데, 이 사례는 그렇지 않다고 할 수도 있다. 하지만 잘 살펴보면 이것도 본질Core은 일치한다는 것을 알 수 있다. 바로 '콩'이다. 된장과 커피 모두 그 시작은 콩으로 만들어진다. 커피의 기본이 되는 생두도 콩이고 된장은 두말할 것 없이 콩으로 만들어진다. 커피와 된장은 어울리지 않는다는 고정관념을 가지고 있었다면 절대 만들어낼 수 없는 이러한 퓨전은 모순적이지만 혁신적인 사례임에 분명하다.

그런가하면 교육과 카페의 퓨전으로 만들어진 '카페 칼럼'도 있다. 카페 칼럼의 경우 원래는 인터넷 카페나 블로그 등에서 공부모임을 정하는 콘셉트로 시작했는데 이를 자연스럽게 카페로 옮긴 사례이다. 단순히 장소의 이동만으로 보기에는 그 안에서 맛보았던 이탈리아음식과 커피가 너무나 좋았다. 카페를 문화복합의 장소로 활용하며 회원제를 도입, 회원들에게는 공부할 수 있는 공간으로, 일반인들에게는 문화를 즐길 수 있는 문화공간으로 운영하고 있는 재미있는 사례이다.

문화와 커피를 결합한 사례로는 최근 늘고 있는 '카페 갤러리'도 들 수 있다. 중소형 갤러리들은 사람들의 발길을 모으기 위해 카페와 결합된 형태의 갤러리를 운영하고 있다. 갤러리 측에서는 카페 중심으로 변화하고 있는 사람들의 생활패턴에 맞춰 카페와의 접목이 새로운 전략이 될 수 있을 것이라는 생각에서 시작하였고, 이는 카페 입장에서도 우후죽순으로 늘고 있는 수많은 카페들 속에서 다른 곳과의 차별화를 가져올 수 있는 방안으로, 서로 윈윈이 되는 결합이라고 하겠다.

아울러 요즘 화두가 되고 있는 다이어트와 커피를 접목한 사례도 있다. '커피다이어트'로 불리며 하루에 6~7잔의 커피를 마시며 식욕을 떨어뜨렸다는 연예인의 이야기가 이슈가 되듯 다이어트 분야에도 커피는 주요 키워드가 되었다. 특히나 젊은 여성들이 많이 즐기는 커피와 가장 관심을 가지고 있는 다이어트를 연결한 것으로, 다이어트를 도와주는 건강기능식품에 커피 맛을 더한 제품도 있는데, 커피를 즐기는 젊은 여성들에게 인기를 얻고 있다.

퓨전은 커피전문점들의 브랜드 콘셉트에서도 나타난다. 2007년 오픈한 '커핀그루나루'는 커피와 와인을 결합한 형태이다. 이름에서도 나타나듯 '커핀Coffine'은 커피Coffee와 와인Wine의 합성어이다. 이름에 걸맞게 매장에서는 칵테일과 와인, 또는 커피와 결합한 음료들을 판매하고 있다.

술을 커피와 결합하여 새로운 메뉴를 개발한 사례는 '라떼킹'에서도 볼 수 있다. 가로수길에서 시작된 커피전문점 라떼킹의 특징은 독특한 아이디어의 메뉴들이다. 소금과 커피를 결합하여 만든 소금라떼, 고추냉이를 넣은 와사비라떼를 판매하고 있을 뿐만 아니라, 세계 5대 푸드 가운데 하나인 렌틸콩이 함유된 렌틸콩라떼, 지리산 토종 벌꿀을 넣은 숙취해소용 음료 컨디션라떼도 판매하고 있다.

또한 커피를 판매하는 방식에도 새로운 변화가 생겼다. 바로 움직이는 '모바일 카페'이다. 커피전문점 문화에 익숙한 젊은 세대는 영화를 통해서나 보았을지 모르겠지만, 예전에는 다방에서 커피를 배달시켜 마시는 것이 익숙했었다. 종업원이 커피와 뜨거운 물, 사람 수에 맞게 잔을 들고 배달시킨 곳까지 가서 바로 커피를 타주는 것이다. 커피를 마시고자 하는 사람들을 직접 찾아가는 서비스인 커피 배달은 이제는 카페가 통째로 움직이는 모바일 카페로 변화하였다. 이러한 모바일 프랜차이즈는 핫 트렌드로 떠오를 만큼 이슈가 되었는데, 매장 유지비용이 들지 않는 시스템이라는 이점을 가지고 있다.

미국에서는 말리커피Marley Coffee Jamaica의 자회사 자민 자바Jammin Java가 바이크카페BikeCaffe Limited와 파트너십을 체결하고 모바일 카페 프랜차이즈에 주력하고 있다. 바이크카페는 자메이카 특유의 카트문화에서 힌트를 얻어 자전거에 카페를 만들어 사람들의 유동성이 높은 곳이나 대학캠퍼스 내부, 축제 행사장 등에서 인기를 얻고 있다. 각 자전거마다 에스프레소 머신과 스무디 장비가 장착되어 있고, 냉장고와 6갤런짜리 온수기, 음용수, 폐수 탱크, 펌프와 싱크대가 달려 있어 카페로의 역할을 충분히 하고 있다. 말리커피는 이러한 바이크카페의 프랜차이즈 독점권을 취득하여 모바일 카페 브랜드를 계속 키워가겠다는 전략이다.

바이크카페는 커피를 마시는 사람 입장에서는 직접 매장을 찾아가지 않고도 손쉽게 커피를 마실 수 있는 기회가 증가했다는 점에서 매력을 느낄 수 있고, 카페 창업자들에게는 일반 카페보다 훨씬 저렴한 비용으로 창업할 수 있고 수요가 있는 곳에 곧바로 대응할 수 있다는 장점이 있다.

이러한 모바일 카페는 자전거 대신 삼륜차로도 가능하다.

coffee truck

오스트리아 비엔나에서 2012년 3월에 만들어진 에스프레소 모빌이 바로 새로운 형태의 모바일 카페이다. 삼륜차라는 복고풍 스타일의 차량에 2,800와트 푸투마트 아리에테 F2의 완벽한 작동을 보장하는 에너지 공급은 8시간의 자율적인 운영이 가능하게 한다. 커피가 일상인 비엔나이기에 어떠한 장소에서도 커피를 즐길 수 있는 에스프레소 모빌은 인기를 얻고 있다. 나아가 호주, 독일, 스위스, 헝가리, 슬로베니아, 체코 등에서도 프랜차이즈 형태로 에스프레소 모빌이 운영되고 있다. 언젠가는 한국에서도 이런 모바일 카페가 등장해 지금과는 또 다른 커피문화가 형성될지 주목해보는 것도 흥미로운 일이다.

이러한 퓨전은 새로운 아이디어를 만들어내는 데 있어 중요한 요소가 되기도 한다. 이미 넘쳐나고 있는 수많은 커피전문점들 사이에서 성공하기란 참으로 어렵다. 특히나 유통망으로 큰 힘을 보유하고 있는 대형 프랜차이즈 전문점들과의 경쟁에서는 더욱 어렵다. 그렇기에 퓨전은 새로운 경쟁력을 만들어 내는 돌파구가 될 수 있다. 그리고 우리는 이러한 융·복합의 능력을 이미 가지고 있는지 모른다. 한국 사람들이 즐겨먹는 비빔밥이야말로 융·복합을 통한 최고의 산물이기 때문이다. 비빔밥의 재료들은 서로 어울릴 것 같지 않은 것들로 되어 있다. 하지만 그 맛은 최고로, 외국인들이 한국의 대표적인 맛으로 인정하는 것에 포함될 만큼 세계적인 맛의 음식이 바로 비빔밥이다.

비빔밥까지 예를 들며 융·복합에 대해 이야기하는 이유는, 새로운 퓨전에 대해 거부감을 가지지 않기를 바라는 마음에서이다. 또한 그만큼 어렵지 않은 것이 이러한 융·복합을 통한 아이디어 창출이다. 그리고 다양한 영역들과의 융·복합으로 새로운 아이디어를 내는 것은 필요한 일이지만, 앞서 이야기했던 '본질'에 대한 고민이 없이 융·복합을 했을 때에는 자신이 쌓아올린 성탑을 무너트릴 수 있음을 명심해야 한다.

내가 강의 때 자주 하는 말이 하나 있다.

"ABC! Always Be Creative! 언제나 항상 늘 창조적으로!"

커피의 다양한 퓨전뿐만 아니라 인생의 아이디어를 위해서도 새겨볼 만한 말이다. 늘 생각하고 상상하고 꿈꾸고 창조하자!

'차별화된 콘셉트'에 눈을 뜨다

우리나라의 커피시장은 계속하여 성장, 발전하고 있다. 보고에 의하면 2016년 우리나라 성인의 1인당 커피 소비량은 416잔에 달한다. 이는 2012년 321잔을 기록했던 것에서 연 평균 7%가 증가한 수치이다. 한국의 20세 이상 성인이 하루에 한 잔 넘게 커피를 마시고 있는 셈이다.

이렇듯 커피는 대중화를 넘어서 일상에 스며들었고, 이에 커피시장은 수많은 커피 브랜드로 포화상태를 맞이하고 있다고 해도 과언이 아니다. 때문에 커피시장에서 성공하기 위해서는 자신만의 차별화된 전략이 필요하기 마련이다. 특히나 포화된 커피시장에 새롭게 진출하는 신규 브랜드의 경우 자신들의 명확한 콘셉트가 더 필요하다.

우리나라의 커피산업은 양적인 성장과 함께 세분된 변화 양상을 보여 왔다. 인스턴트커피로 대변되던 것이 원두커피로 변화한 것이 대표적이다. 아울러 성장과 발전을 거쳐 그 경쟁이 치열해지며 자연스럽게 커피시장이 고가, 중가, 저가군으로 세분화되고 있다. 밥보다 비싼 커피가 판매되는가 하면, 편의점과 같은 유통업체에서 판매하는 저가 커피까지, 시장에서는 다양한 커피들이 퓨전으로 나타나고 있는 것이다. 이에 자신만의 독특한 콘셉트로 커피시장에 진출한 브랜드가 있다. 바로 해피랜드에프앤비의 테이크아웃 커피전문점 '탭플레이

Taplay'이다.

나는 탭플레이가 브랜드 콘셉트와 철학이 정립된 후 론칭을 앞두고 브랜드 슬로건에 대해 고민할 때 브랜드 코칭으로 함께 일을 한 경험이 있다. 탭플레이의 임남희 대표는 일본과 미국 유학 시절, 다양한 외국계 식음료 프랜차이즈를 접하였다. 해피랜드에프앤비의 첫 번째 사업으로 한국에 아직 소개되지 않은 브랜드를 들여오는 방법도 있었겠지만, 임 대표는 탭플레이라는 새로운 브랜드의 론칭을 계획하였다. 이에 함께 당시 탭플레이에 대한 차별화된 브랜드 슬로건에 대해 고민했고, 그 결과 맛과 색의 독특한 퓨전으로 '컬러풀앤딜리셔스 Colorful&Delicious'가 탄생하게 되었다.

탭플레이의 경우 아메리카노 한 잔의 가격이 1,500원으로, 가격대별로 분류한다면 저가 커피군에 속한다. 하지만 그들은 단순히 가격이 저렴하다는 것을 브랜드의 최고 가치로 두고 싶어 하지 않았다. 대신 탭플레이에서 제공할 수 있는 다른 가치에 중점을 두었다. 바로 모히토였다.

탭플레이는 커피 외에도 메뉴의 퓨전으로 모히토를 시그니처 메뉴로 판매하고 있다. 모히토를 활용한 다양한 음료들을 판매하고 있는데, 모히토와 라떼를 퓨전하여 만든 '아이스 민트 모히토 라떼'도 있다. 이밖에도 기본적으로 판매되고 있는 모히토 메뉴의 색에 중점을 두었다. 음료의 맛과 멋을 퓨전시

켜 차별화한 것이다. 테이크아웃 컵
에 모히토를 비롯하여 커피가 담길
때 민트, 딥블루, 보라색 등으로 톤이
달라질 수 있도록 차별화하였다. 커
피라고 하여 아메리카노나 커피콩과
연관된 색만을 사용할 필요는 없는 것
이다. 이들은 자신들만의 퓨전과 차별화
로 미래를 꿈꾸고 있는 것이다.

　이밖에도 독특한 상황에서 커피를 즐길 수 있도록 하는 에
스프레소 머신도 있다. 이탈리아의 유명 커피 브랜드인 라바
짜와 우주식 전문 공학회사인 아르고텍이 서로 퓨전하여 만
든 ISS프레소가 바로 그것이다. 이것은 우주의 무중력 상태에
서도 커피를 뽑을 수 있는 에스프레소 머신으로, 2015년 카자
흐스탄 바이코누르 우주기지에서 발사된 소유스 로켓에 실려
ISS로 수송되었다. 우주커피, 무중력커피라 불리는 이 에스프
레소 머신은 무게가 20kg으로 극미 중력 상태에서 작동할 수
있게끔 제작되었다. 그리고 그에 걸맞은 우주용 커피 캡슐이
따로 만들어지기도 하였다. 우주에서 추출되는 커피인 만큼
컵에 담긴다면 무중력 상태에서 공중에 날아다니게 될 것이
다. 따라서 컵이 아닌 봉지에 담아 마실 수 있도록 했다. 이탈
리아 커피를 우주에서도 즐길 수 있다고 하니, 정말이지 차별

화되고 독특한 경험일 수밖에 없다.

　이런 캡슐커피는 우주뿐만 아니라 국내 시장에서도 빠르게 성장하고 있다. 국내 캡슐커피 시장은 2014년 300억 원 규모에서 2015년에는 450억 원 규모로까지 불어났다. 캡슐커피 전용 머신 시장이 1,000억 원대를 웃돈다고 하니, 이것까지 합치면 시장 규모는 총 1,500억 원대 수준으로 추정된다는 것이 관계자들의 이야기이다. 이렇게 캡슐커피가 주목을 받고 있는 것은 커피를 다방과 같은 커피전문점에서 즐기던 것에서 이제는 집에서 커피를 즐기고자 하는 퓨전족들이 늘어나고 있기 때문이다. 특히나 캡슐커피는 편의성에 프리미엄급 맛을 퓨전으로 함께 즐길 수 있다는 장점이 있어 더 많은 소비자들의 관심을 끌고 있다. 여기에 국내 캡슐커피 시장에서 큰 자리를 차지하고 있던 네스프레소의 캡슐용기에 대한 특허가 만료됨에 따라 많은 커피회사들이 호환캡슐시장에 진출하며 소비자들은 다양한 캡슐커피를 즐길 수 있게 된 것이다.

　홈바리스타들을 위한 차별화된 커피에는 캡슐커피 외에 핸드드립 커피가 있다. 나 또한 핸드드립 커피를 즐긴다. 아침이면 꼭 핸드드립으로 커피를 내려 먹는데, 그 즐거움은 이루 말할 수 없을 정도이다. 최근에는 이처럼 집에서 핸드드립으로 커피를 즐기는 홈바리스타들이 늘고 있는데, 이에 소비자들이 바리스타의 섬세한 맛까지는 아니더라도 질 좋은 커피를 마실

핸드 드립

수 있도록 하는 브랜드들이 있다. '루소랩Lusso Lab'도 그중 한 곳이다.

　루소랩은 매일유업 관계사로 자연주의 커피와 프리미엄 커피를 지향하는 커피브랜드이다. 나는 커피로 인연을 맺어 루소랩과도 함께 일한 적이 있다. 당시 커피와 다양한 경험을 퓨전시켜 브랜드이미지를 정립시키는 데 노력했다. 현재 루소랩은 청담점을 비롯하여 삼청점, 그리고 정동점까지 오픈하며 프리미엄 커피로의 입지를 굳혀가고 있다. 아울러 루소랩은 홈바리스타를 위한 차별화된 퓨전 제품들을 선보이고 있다. 커피 용품 전문 브랜드 하리오와 함께 만든 드립세트를 출시하기도 하고, 루소랩의 전문 바리스타가 원두 선별에서부터 로스팅에 이르기까지 전 과정에 참여하여 개발한 제품을 선보이기도 하면서 자연스레 홈바리스타들의 인기를 얻고 있다.

홈카페, 홈바리스타들은 집에서도 여느 커피전문점에서처럼 커피를 맛보고 즐기기를 원한다. 편안한 장소에서 최상의 커피맛을 즐기고자 하는 것이다. 이런 열망들을 만족시켜줄 수 있는 다양한 커피 브랜드의 활동들을 기대하며, 이것이 포화상태의 커피시장에서 경쟁력을 가질 수 있는 전략이 되리라 생각해본다.

루소랩에서 진행한 커피토크

4) C.O.F.F.E.E–Form

커피는 열린 생태계 속에서 연결고리로 작용하며 다양한 융·복합을 통해 새로움을 만들어낸다. 또한 각 나라와 문화마다 그 특성을 달리하는데, 그 차이를 이해하는 것이야말로 커피의 세계를 이해하는 시작이다. 한 예로, 쉽게 접할 수 있는 '모카Mocha' 커피에 대해 이야기해 보자.

모카자바 등 커피 이름에 쓰이는 모카라는 이름은 옛날 예멘과 에티오피아 산의 질 좋은 커피를 모카 포트port, 항구에서 수출한 데서 비롯되었다. 현재도 예멘과 에티오피아 산의 최상급 아라비카를 여전히 모카라고 부른다. 한편으로는 미국에서는 '모카' 하면 '초콜릿'이나 '코코아'를 의미한다. 모카커피 대부분이 초콜릿 향을 가지고 있기 때문에 최근에는 모카커피를 섞지 않더라도 초콜릿 맛이나 향을 인위적으로 첨가한 메뉴에 모카라는 명칭을 사용한다. 우리가 쉽게 커피전문점에서 마시는 메뉴 중 초콜릿을 사용하는 커피를 '카페모카'라고 부르는 이유도 여기에 있다.

또한 빵 메뉴에서도 모카 빵이나 모카 케이크를 볼 수 있는데, 이때에는 커피를 넣어 만든 빵을 의미한다. 여기에서 모카는 커피를 뜻하는데, 앞서 이야기한 모카 포트에서의 모카와 같은 의미이다. 재미있는 것은 미국에서는 가정용 커피포트

Coffee Pot를 뜻하며, 이탈리아나 프랑스에서는 에스프레소 커피를 만들어 마시는 추출기구를 뜻한다는 점이다. 이렇듯 나라별 문화와 습관 등에 따라 의미가 다르게 정립되는 특성이 바로 커피가 가지고 있는 폼의 성질이다.

커피의 다양성, 커피의 폼Form을 만들어내다

앞에서 이야기한 것처럼, 커피의 퓨전의 기본은 커피의 다양성을 이해하는 데 있다. 그리고 이러한 커피의 다양성은 폼의 다양성으로 나타난다. 커피의 퓨전에서 다루었던 커피와 우유의 혼합음료를 예를 들어보면, 이탈리아에서는 카페라떼Cafe Latte, 프랑스에서는 카페오레Cafe au lait라고 한다. 또한 지금은 많이 퇴색되었지만 미국에서는 밀크커피, 한국에서는 커피우유로 칭한다. 그리고 데운 우유를 넣으면 카페라떼가 되지만 에스프레소에 거품을 낸 우유를 넣으면 호주에서는 플랫화이트Flat white, 또 다르게는 카푸치노Cappuccino가 된다. 아울러 스페인에서는 코르타도Cortado라고 우리에게는 조금은 낯선 메뉴가 된다.

코르다도는 스페인어 코르타Corta, 영어로는 커팅Cutting이라는 단어에서 시작된 메뉴이다. 에스프레소에 거품을 적게 낸 스팀밀크를 넣어 에스프레소의 산미를 잘라내어 부드러움을 느낄 수 있게 한다는 의미다. 에스프레소 투 샷을 기본으로

하여 그와 같은 비율의 스팀밀크를 넣어 만드는데, 여기에서 중요한 것은 거품이 거의 없을 정도의 우유를 준비하는 일이다. 맛은 카푸치노와 비슷하지만 카푸치노보다는 우유 거품이 적다. 나도 아직 스페인 현지에서 코르타도를 마셔보지는 못했지만, 최근 홍대의 한 커피점에서 이 특별한 커피를 마셔본 적이 있다. 개인적으로 카푸치노를 즐겼던 나에겐 커피의 산미와 우유의 부드러움을 동시에 느낄 수 있는 만족스러운 커피였다.

또한 이런 커피메뉴들의 이름은 커피와 우유의 혼합 양에 따라 그 표현이 달라지는데, 특히 나라에 따라서 그 이름이 확연히 다르다. 호주의 경우, 우리가 흔히 알고 있는 커피를 부르는 명칭이 다르다. 아메리카노Americano를 롱블랙Long Black으로, 에스프레소Espresso를 숏블랙Short Black으로 부른다. 특이한 점은 아메리카노와 비슷한 롱블랙은 뜨거운 물을 먼저 준비한 후 에스프레소를 더한다는 점이다.

플랫화이트는 호주만의 특이한 커피메뉴로 라떼와 비슷한데, 다른 점은 라떼보다 우유의 양이 더 많은 대신 얇은 우유 거품을 얹는다는 것이다. 우리나라에서도 2012년 7월 맥카페McCafé의 공식 출범과 함께 '플랫화이트' 메뉴를 접할 수 있게 되었다. 현재 스페셜티 커피와 더불어 새롭게 주목받고 있는 커피 메뉴가 플랫화이트이다.

플랫화이트에 대한 유래는 두 가지로 전해지고 있다. 하나는 과거 호주 멜버른 지역에서 심한 가뭄으로 낙농업에 위기가 오면서 라떼에 우유를 적게 넣기 시작했다는 설이다. 다른 하나는 제2차 세계대전 이후 이탈리아 이민자들이 호주로 건너오면서 에스프레소를 즐겨 마시는 이탈리아 커피 문화와 우유를 섞어 마시는 호주의 커피 문화가 만나 새롭게 만들어진 것이라는 설이다. 두 가지 설 모두 설득력이 있는 이야기이다. 중요한 것은 우리나라에서 이런 플랫화이트에 대한 관심이 높아지고 있다는 점이고, 호주에서와 달리 한국에서는 플랫화이트를 차갑게 즐기는 퓨전의 형태도 나타난다는 점이다. 맥도날드McDonald's 맥카페의 경우 1993년 호주 멜버른Melbourne에 가장 먼저 오픈한 바 있다. 호주 하면 떠오르는 사람도 있다. 바로 2003년 WBCWorld Barista Championship, 세계바리스타챔피언십 최연소 챔피언인 폴 바셋Paul Bassett이다.

당시 25살의 나이로 최연소 챔피언이라는 타이틀을 얻은 폴 바셋은 전 세계의 다양한 커피 원산지 및 농장을 엄선하여 특별하게 재배된 커피빈Coffee bean을 독자적으로 선보이고 있는 인물이다. 특히 커피를 로스팅하는 과정에서 조금이라도 문제가 있으면 모두 폐기처분할 정도로 엄격하게 품질을 관리하는 것으로 알려져 있다.

폴 바셋은 자신의 이름을 브랜드화하여 커피전문점도 운영하고 있는데, 2006년 일본을 시작으로 2009년에는 한국에도 매장이 생기기 시작하였다. 우리나라에서는 매일유업을 통해 오픈했는데, 폴 바셋이 엄선한 커피 빈을 매장에서 직접 로스팅하는 '로스팅 에스프레소 바' 콘셉트이다. 2009년 강남 신세계백화점을 시작으로 2017년 팝업스토어 매장까지 포함하여 93개로 매장 수가 증가하였고, 매출도 2016년 653억 원으로 가파른 상승세를 보이고 있는 프리미엄 커피브랜드이다. 매장 전체를 직영점으로 운영하고 있는 카페 폴바셋은 바리스타 폴 바셋이 직접 한국에 방문하기도 하는데, 나 또한 한국에서 그를 만나 이야기를 나누기도 하였다.

아울러 우리가 흔히 접하는 아메리카노Americano도 국가 간의 문화 차이로 탄생한 커피의 한 종류이다. 제2차 세계대전 당시 이탈리아에 주둔한 미국 군인들의 입맛에는 이탈리아의 커피맛이 맞지 않았다. 미국인의 입에는 이탈리아의 커피맛이 너무나 썼던 것이다. 바리스타에게 물을 더 넣어 커피의 쓴맛을 희석시키길 원했고, 이탈리아의 바리스타는 그런 모습을 보고 진정으로 커피를 즐기지 못한다는 조롱을 담아 미국인들만 마시는 커피라는 의미로 '아메리카노'라는 표현을 썼던 것이다. 미국인들이 후일에 이를 자신들의 커피 메뉴로 인정하면서 지금과 같이 보편화된 것이다.

이런 아메리카노는 이제 이탈리아에서도 하나의 메뉴가 되

세계바리스타챔피언십 최연소 챔피언인 폴 바셋과 함께

어 있다. 2012년 이탈리아 커피탐방 중 시에나Siena에 위치한 인디펜덴차Bar Indipendenza에서 커피를 마실 기회가 있었는데, 이방인인 내가 '에스프레소'를 주문하자 오히려 '아메리카노'를 주문하는 것이냐며 다시 확인을 하였다. 이탈리아인들은 의례적으로 이방인들은 자신들이 마시는 에스프레소의 강한 맛을 즐기지 못하며, 에스프레소에 물을 섞은 아메리카노를 즐긴다고 생각하는 것이다. 커피의 다양한 문화에 대한 무지에서 빚어지는 웃지 못할 상황인 것이다.

특이한 것은 이탈리아에서 마시는 아메리카노는 우리가 마시는 아메리카노에 비해 물의 양이 조금 더 적다는 점이다. 이는 인스턴트커피도 마찬가지인데, 이탈리아 파르마Parma에서 밀라노Milano로 이동하는 기차 안에서 이동식 커피판매원에게 커피를 주문하자 인스턴트커피에 우리보다는 적은 양의 물을 섞어 내어주었다. 에스프레소 같이 강한 향과 맛의 커피를 즐기는 이탈리아인들의 특색이 나타나는 부분이다.

커피와 전쟁이 얽힌 이야기 중에는 우리나라에서 가장 많은 소비를 보이고 있는 인스턴트커피도 있다. 인스턴트커피Instant Coffee는 1889년 미국의 한 커피 수입업자와 한 로스트업자가 일본계 미국인인 가토 사토리가 발명한, 물에 녹는 차가 있다는 것을 알게 됨으로써 시작되었다. 가토 사토리의 발명인 탈수처리 과정을 커피에 적용할 수 있을지 연구를 시작하였고, 추후 미국인 화학자와 함께 가토커피회를 창설하여 연구를 계속하였다. 그리고 드디어 2년 후인 1901년 물에 녹는 커피솔루블 커피, Soluble Coffee를 시카고Chicago에서 개최된 범아메리카 월드페어에서 선보이게 되었고, 이것이 인스턴트커피의 시작이다.

하지만 '인스턴트커피'라는 명칭으로 큰 인기를 얻게 된 것은 미국 제너럴푸드사에서 군납용으로 상품화한 후 제2차 세계대전을 거치면서다. 당시 커피 광고 문구를 '인스턴트커피'라고 하였는데, 이것이 지금까지도 통용되는 명칭으로 자리 잡게 된 것이다. 1930년대 대공황 때 네스카페Nescafe가 경제적으로 어려운 미국인들이 값싸게 커피를 마시는 방법으로 이를 활용하면서 큰 히트를 치게 된 것이 지금에 이르게 되었다. 즉 인스턴트커피는 원래 일본인들이 개발했고, 이를 네슬레Nestle에서 본격 상용화하면서 커피의 한 종류로 자리 잡았으며, 국내에서는 동서커피에서 이를 좀 더 발전시켜 지금의 믹스커피가 된 것이다.

인스턴트커피는 볶아서 분쇄한 커피로부터 커피액을 추출하고 이것을 건조, 분말화한 것인데, 제조법에는 두 가지가 있다. 하나는 분무건조법으로 액체 커피를 분무하여 순간적으로 탈수하여 병에 충전하는 방법이고, 다른 하나는 동결건조법으로 향기를 개선하기 위한 방법이다. 이를 위해 진공동결건조를 하는데, 진공 상태에서 건조하기 때문에 분무건조법에 비하여 훨씬 향기가 뛰어난 커피가 얻어진다. 특히나 우리나라 인스턴트커피의 대명사처럼 자리 잡고 있는 맥심Maxim, 1980년 탄생의 성공 비결은 '동결건조공법'이라는 획기적인 기술 때문이었다. 동결건조공법을 통한 향 보존 기술은 커피 선진국들도 제대로 실현하지 못했던 '커피향 유지 기술'의 핵심 노하우였다.

초기에 인스턴트커피가 크게 인기를 얻을 수 있었던 것은 간편하게 커피를 즐길 수 있다는 장점 때문이었다. 급박한 전쟁 상황 속에서 간편하게 즐길 수 있는 커피는 매력적일 수밖에 없었을 테니 말이다. 이런 인스턴트커피의 매력은 한국에서도 나타났었는데, 불과 얼마 전까지도 한국의 대중커피는 인스턴트커피로 대변될 만큼 큰 사랑을 받았다. 그러나 최근 들어 커피전문점의 대거 등장으로 인스턴트커피는 외면당하고 있는 실정이다. 그 결과 길거리에서 쉽게 볼 수 있었던 커피자판기가 급속히 줄어들고 있다. 아울러 23년간 한국의 인스턴트커피시장을 지배했던 '테이스터스 초이스' 커피브랜드가 2012년 한국의 인스턴트커피 역사에서 사라지게 되었다.

한국네슬레는 테이스터스 초이스 브랜드를 글로벌 대표 브랜드인 네스카페에 통합한다는 결정을 내렸는데, 이는 고급화되는 한국 소비자들의 취향을 반영한 결과라고 한다. 믹스커피가 주도했던 한국의 커피시장이 불과 10년 만에 커피전문점의 원두 중심으로 급속히 전환되면서 소비자 공략의 어려움이 따랐다는 것도 그 이유라고 한다. 커피의 다양성 측면에서 볼 때 그 한 축이었던 인스턴트커피가 한국 시장에서 점점 사라져간다는 점이 커피시장에 어떤 결과를 가져올지는 두고 봐야 하겠다.

다시 커피의 다양성에 대해 이야기하자면, 커피에는 대중적인 방법이 아닌 특이한 방법으로 재배하여 특이한 폼form으로 나타나는 커피도 있다. 대표적인 것이 세계에서 가장 비싼 커피로 불리며 명품 커피로 통하는 코피 루왁Kopi Luwak이다. 이것은 사향고양이로 불리는 시벳Civet고양이가 커피 열매를 먹고 배설한 배설물에서 커피콩을 채취하여 가공하는 커피이다. 이를 '루왁커피'라고 하는 이유는 인도네시아에서 주로 유통이 되고 있어서인데, 루왁은 인도네시아어로 시벳고양이를 이르는 명칭이다. 특히 인도네시아의 대표적인 커피인 로부스타Robusta나 아라비카Arabica 커피 열매를 먹고 배설한 배설물에서 커피콩을 채취하여 가공하게 되는데, 이는 커피 생두의 생산과정에서 습식법Wet Method에 해당하는 과정이다. 루왁커피는 자연스럽게 이러한 과정을 시벳고양이의 소화기관에서 거치게 되므로 독특한 향과 맛을 지니게 된다.

이렇게 생산된 루왁커피는 한국에서는 한 잔에 4~6만 원으로 책정될 만큼 비싼 가격으로 판매되고 있다. 독특한 맛과 향을 가지고 있기도 하지만 가격이 비싼 이유는 희소성에 있다. 시벳고양이가 만들어낼 수 있는 생산량이 극히 한정적이기 때문이다.

덧붙여 코피 루왁을 이야기하면 떠오르는 영화가 한 편 있다. 2007년 개봉한 〈버킷 리스트Bucket List〉이다. 버킷 리스트는 '죽기 전에 꼭하고 싶은 것'을 목록화 하는 것으로, 암병동에서 만난 재벌 기업가와 자동차 수리공이었던 평범한 소시민, 두 주인공이 죽음을 앞둔 상황에서 함께 버킷 리스트를 작성하고 실천해 가는 영화이다. 재미있는 것은, 영화 속에 등장하는 커피이다.

재벌 기업가인 잭 니콜슨은 어떤 커피인지도 모른 채 고가의 커피라는 이유만으로 루왁커피만을 고집하는 모습으로 등장하고, 소시민인 모건 프리먼은 루왁커피에 대해 정확하게 알고 있으면서도 잭 니콜슨이 권하는 루왁커피를 마시지 않고 인스턴트커피만을 고집하는 모습으로 등장한다. 모건 프리먼은 잭 니콜슨에게 루왁커피에 대해 설명해주면서 그저 고양이 똥에 불과하다는 표현을 쓰는데, 여기서 두 사람은 함께 큰 소리로 웃어버린다. 사람이 어떻게 받아들이느냐에 따라, 마시고 있는 커피가 세상에서 가장 고급스러운 커피가 될 수도, 단순히 동물의 똥으로 만들어진 커피일 수도 있다는 생각 때문

아니었을까. 영화 속에서 커피는 마지막까지도 중요한 요소로 등장한다. 두 사람은 결국 죽음을 맞이하게 되는데, 그 둘의 버킷 리스트에는 마지막으로 인스턴트커피 깡통에 담기고 싶어 한다. 그리고 그들이 바라던 대로 유골가루가 되어 인스턴트커피 깡통에 담기게 된다. 커피가 등장하기 때문만이 아니라, 인생을 살아가면서 중요한 것이 무엇인지 생각하게 하는 영화이다.

아울러 코피 루왁처럼 특이한 산출 방법 때문에 세계적으로 인정받고 있는 커피가 또 하나 있다. 인위적인 방법으로 만들어지고 있음에도 그 인기를 유지하고 있는 인도의 '몬순 커피Monsoon Coffee'다. 인도에서 커피는 1585년 이슬람의 메카Mecca에서 전래되어 1840년 이후부터 본격적으로 커피를 생산하기 시작하였다. 열대성 기후인 인도는 커피 재배에 적합한 강수량과 배수가 잘 되는 비옥한 고원지대를 갖추고 있는데, 이렇게 생산된 커피를 유럽으로 수출하였다. 당시는 수에즈 운하Suez Canal가 개통하기 전으로, 유럽으로 커피를 수출하기 위해서는 6개월이라는 항해 기간을 보내야 했다. 이 기간 동안 습한 적도 지역의 해풍에 의해 커피가 숙성되면서 생두는 황금빛을 띠는 노란색으로 변하고 독특한 향미와 진한 맛을 가지게 되었다. 유럽에서는 이러한 독특한 향미를 가진 생두를 올드 브라운 자바 커피Old Brown Java Coffee로 불렀고 그 인기는 대단하였다.

하지만 수에즈 운하가 개통되자 항해 기간은 단축되었고, 더 이상 특유의 맛과 향을 가진 생두를 수출할 수 없게 되자 인도에서는 인위적인 방법으로 올드 브라운 자바 커피를 재현해 내었다. 5~6월의 습한 남서 계절풍몬순, Monsoon에 커피를 건조시키는 것인데, 창고에 커피를 12~20cm 두께로 펼쳐 놓고 외부의 습기에 노출되도록 지속적으로 갈퀴질을 한다. 그후 삼베자루에 느슨하게 담아 줄을 맞춰 쌓아 놓으면 몬순 바람을 맞으며 6~7주 후에 올드 브라운 자바 커피가 탄생하게 된다. 이것이 오늘날까지 몬순커피Monsoon Coffee로 불리며 세계적으로 인정받고 있는 것이다. 이렇듯 커피는 전 세계적인 음료이면서 각각의 다양성을 나타내며 각기 다른 모습을 가지고 있는 것이다.

개인별로도 각자의 취향에 맞추어 만들어 먹는 커피 레시피가 존재하는 것처럼, 특이한 방법을 통해 커피의 명칭이 결정되는 것이다. 이렇듯 다양한 커피의 명칭들을 살펴보는 것만으로도 커피의 매력에 빠지기에는 충분하리라 생각한다.

커피를 즐기는 방법, 커피 폼이 되다

겨울이면 따뜻한 아메리카노나 포근한 우유 거품이 함께 있는 카페라떼나 카푸치노가 떠오르고, 여름이면 투명한 얼음이 함께 있는 아이스 아메리카노가 떠오른다. 이밖에도 여름이면 생각나는 커피가 있는데, 바로 '더치커피Dutch Coffee'다. 더치커피의 더치dutch는 '네덜란드의'라는 형용사로, 이를 직역하면 '네덜란드 사람들의 커피'라는 뜻으로 일본식 표현이다.

일반적으로 우리는 뜨거운 물로 커피를 우려내거나, 강력한 압력과 함께 추출하는 방식으로 커피를 즐긴다. 그런데 더치커피는 뜨거운 물이 아닌 찬물이나 상온의 물로 장시간에 걸쳐 우려내는 방식으로 추출하는 커피이다. 때문에 커피 고유의 향을 간직하고 있으면서도 쓴맛이 적고 부드러운 것이 특징이다. 이에 더치커피는 따뜻하기보다는 차갑게 즐기는 것이 일반적이고 자연스럽다. 때문에 여름이면 얼음이 함께 있는 더치커피가 더욱 어울리는 것이다. 추출하는 시간도 짧게는 3~4시간, 길게는 8~12시간 정도가 걸린다. 찬물로 우려내며 추출된 커피가 한 방울씩 떨어지기 때문에 시간이 오래 걸릴 수밖에 없다. 이 더치커피는 일본에서 처음 시작됐다고 할 수 있다. 일본의 에도막부시대에 일본과 독점 무역을 하던 네덜란드인들에 의해 더치커피가 처음 전해졌기 때문이다. 이 때문에 일본식 워터 드립이라고도 알려져 있다.

더치커피의 유래에 관한 두 가지 설이 있다. 하나는, 네덜란드는 당시의 식민지였던 인도네시아 자바에서 생두를 배에 실어 암스테르담으로 날랐는데, 그때 선원들이 장기간의 항해

도중에 커피를 마시기 위해 고안한 여러 가지 방법 가운데 하나라는 것이다. 다른 하나는 인도네시아에서 살던 네덜란드 사람들이 인도네시아산 커피의 쓴맛을 없애기 위해 고안한 방법이라는 설이다. 둘 중 어느 것이 정설인지는 아직까지도 밝혀지지 않았지만, 중요한 것은 아주 오래 전부터 더치커피는 존재했고, 많은 사람들의 사랑을 받았다는 점이다. 아울러 커피를 마시기 어려운 상황 속에서도 커피를 마시고자 하는 사람들로 인해, 혹은 더 좋은 맛의 커피를 마시고자 하는 사람들로 인해 우리는 지금 더치커피를 즐길 수 있다는 것이다.

Cold brew

더치커피의 인기는 콜드브루로 커피로 이어졌다. 콜드브루Cold brew의 브루brew는 와인이나 맥주를 양조하는 의미 외에도 물을 이용해 커피나 차의 성분을 우려낸다는 뜻을 가지고 있다. 말 그대로 차가운 물에 우려낸 커피인 것이다. 많은 사람들이 더치커피와 콜드브루커피의 차이를 궁금하게 여기는데, 쉽게 이야기하면 더치커피는 일본식 표현이고, 콜드브루는 미국식 표현이라고 생각하면 되겠다. 커피를 차가운 물이나 상온의 물로 오랜 시간 우려내어 추출하여 마시는 커피라는 것은 같기 때문이다.

최근 우리나라에서는 콜드브루커피의 인기가 높아지고 있는데, 커피전문점을 비롯하여 음료업계, 편의점에 이르기까지 다양한 형태로 콜드브루커피가 소개되고 있다. 그중에서도 한국야쿠르트는 기존의 배달 음료와 함께 판매했던 콜드브루커피에서 세계적인 바리스타 찰스 바빈스키와 함께 개발하여 출시한 제품까지 다양한 콜드브루커피 제품을 선보이고 있다. 이것은 일부 커피전문점에서만 즐길 수 있던 더치커피나 콜드브루커피를 병에 담아 파는 제품화에 성공한 것이라 하겠다. 대량생산 기술을 개발하여 또 다시 새로운 커피 폼을 만들어 낸 것이다. 그리고 이는 서울대학교 이윤우 교수의 노력이 있었기에 가능하였다.

그는 기존에 참기름을 대량 생산해본 경험에서 콜드브루커피를 대량 생산할 수 있는 폼을 만들어냈다. 뜨거운 스팀 대신에 상온에 가까운 물을 사용해 콜드브루를 추출하는데, 이 때 원두를 아주 미세한 크기로 갈아내어, 기존에 더치커피나 콜드브루커피를 추출하는 것보다 1,000배 이상 빠른 속도로 커피를 우려낼 수 있게 한 것이다. 수많은 실험을 통해 개발된 이 기술로 인해 2시간 동안 콜드부르 커피를 약 4만 잔 정도 만들 수 있다고 한다. 그야말로 기존의 방법에 혁신을 더해 새롭게 커피를 즐길 수 있게 한 기술이라 하겠다.

커피를 즐기는 사람들이 많아지면서 커피시장이 활발해졌고, 그에 따라 다양한 커피들이 시장에 선보이게 되었다. 콜드브루커피와 더치커피의 인기도 이와 관련 있다. 커피가 일상이 되어 가면서 사람들은 새로움을 찾기 시작한 것이다. 이에 콜드브루는 새롭게 커피를 즐기는 방법으로 사람들에게 커피 폼이 되어 가고 있는 것이다. 콜드브루의 인기는 지속될 것으로 시장은 전망하고 있다. 스타벅스코리아가 전국의 점장들을 대상으로 조사한 내용에서도 새로운 트렌드로 콜드브루를 꼽을 만큼 새로운 커피 폼이 만들어지고 있다. 이와 더불어 질소 커피도 주목할 만하다.

질소커피Nitro Coffee는 장시간 차가운 물로 추출한 더치커피나 콜드브루커피에 질소를 주입하여 만들어낸 커피다. 2013년 미국 오리건주 포틀랜드에서 살고 있는 식품영양학자 네이트 암브러트에 의해 개발되었다. 더치커피, 콜드브루커피에 맥주를 따르는 듯 수도꼭지 모양의 기계를 통해 질소를 주입하여 새로운 커피 폼을 만들어내는 것인데, 커피 표면에 거품 층이 생겨 마치 맥주를 마시는 기분을 낼 수 있어 전 세계적으로 두터운 마니아층을 보유하고 있다. 미국의 스텀프타운 커피 로스터스를 비롯하여 미국 스타벅스에서도 판매를 시작하였으니 조만간 전 세계로 퍼져나갈 것이다.

시간이 지남에 따라, 그리고 소비자들의 욕구에 따라 커피를 즐기는 방법은 계속하여 진화하고 있다. 새로운 커피 폼들이 만들어지고 있는 것이다. 이 또한 커피의 매력이라 하겠다. 나 혼자 즐기기에도 좋고, 함께 즐기기에도 좋은 커피, 거기에 어떻게 커피를 추출하느냐에 따라 달라지는 커피는 겨울이나 여름, 계절을 떠나서 언제나 좋은 것이다.

나라별 커피문화, 커피 폼을 만들어내다

커피의 폼Form은 다양한 국가의 커피문화로도 이야기할 수 있다. 커피는 본래 아프리카에서 아랍으로 전래되면서 본격적인 음료로 개발되었다. 아랍에서는 커피 열매커피체리 속 씨앗생두을 분리하여 가루로 만들고 물과 섞어 카와Khawah 또는 카베Kahveh라는 이름의 음료로 마시기 시작하였다. 이러한 카와Khawah가 프랑스의 카페Cafe와 독일의 카페Kaffee, 네덜란드의 코피에Koffie, 이탈리아어의 카페Caffe, 그리스어의 카페오Kafeo, 터키의 카페Kahweh, 페르시아의 케베Qehv's, 폴란드어의 카바Kawa 등의 어원이 되었다. 아랍에서는 종교상 술을 마시지 못하기 때문에 술 대신 커피를 즐기면서 커피문화가 발달하게 되었다.

특이한 점은 아랍에서는 남자만 커피를 끓일 수 있다는 것이다. 커피를 신이 주신 선물이라 믿었던 아랍인들은 이를 당연히 남자가 해야 한다고 믿었고, 여자들은 남자들이 커피를 끓이는 동안 먹을 빵을 굽는 일을 하였다. 이러한 커피문화는 지금까지도 이어져 오고 있는데, 40도를 오르내리는 무더위 속에서도 그들은 뜨거운 커피를 즐겨 마시며 손님을 접대할 때에도, 사람들 간에 문제가 발생할 때에도 커피 한 잔을 마시며 이야기를 나눈다. 그렇기에 아랍권에서 대접하는 커피를 거절하는 것은 예의에 어긋나는 행동이므로 입에 맞지 않더라도 대접하는 첫 잔은 최소한 한 모금을 마시고 내려놓는 것이 좋다. 또한 아랍의 커피는 우리의 소주잔보다 작은 잔에 진하게 마시는데 이를 연거푸 마시게 되면 카페인에 취하기 쉽다. 이때에는 커피 잔을 비운 뒤 가볍게 잔을 흔들어 더 이상 마시고 싶지 않다는 의사를 보여야만 계속 따라주는 커피를 피할 수 있다.

이렇게 커피가 일상이 되어 있는 나라로는 '에스프레소, 커피의 본고장'이라 할 수 있는 이탈리아도 있다. 우리에게 에스프레소는 그 자체의 매력보다는 아메리카노, 카페라떼와 같이 에스프레소를 베이스로 한 메뉴들로 더 익숙하다. 이런 메뉴들은 이탈리아에서 시작된 에스프레소가 미국을 비롯한 전 세계로 퍼져나가면서 다양한 형태로 변형된 결과이다. 그리고 이런 변화된 형태, 즉 다른 재료와의 조합에서도 커피의 맛을 내기 위해 많은 양의 에스프레소를 진하게 추출하는 것이 특

징이다. 그러나 이탈리아에서는 에스
프레소 자체를 마신다. 이때 7g의 커피
만을 사용하여 추출하는 것이 특징인
데, 한 잔에서 최적의 향과 맛을 끌어내
기 위한 효율성에 초점을 둔 것이다.

demitasse

나는 이런 에스프레소에 대해, 이탈
리아 커피탐방 중 색다른 경험을 하였
는데, 호텔 조식을 먹을 때였다. 이탈리
아에서 호텔 조식은 대부분 뷔페로 준비되어 있어 손님들이
각각 원하는 음식을 가져다 먹을 수 있게 개방되어 있다. 그런
데 커피만은 달랐다. 꼭 바리스타가 주문을 받은 후 직접 커피
를 내려서 내어주는 것이었다. 우리에게 커피는 디저트나 후
식으로 인식되어 있는 반면에, 이탈리아에서는 커피가 음식과
같기에 요리사가 음식을 준비하듯 커피도 전문가인 바리스타
가 준비하는 것이다.

또한 이탈리아에서는 아침식사에서도 에스프레소를 마시
는데, 아무래도 빈속에 강한 커피를 마시는 게 익숙하지 않을
수밖에 없다. 그렇다고 이탈리아에 와서 에스프레소를 마시지
않는다는 것은 아쉬운 일일 수밖에 없다. 이럴 때에는 카푸치
노와 같은, 우유가 섞인 커피를 빵과 함께 마신 후 우리의 후
식처럼 에스프레소를 즐기면 된다. 그 나라의 문화를 제대로

즐길 수 있으면서도 몸도 챙길 수 있으니 일석이조의 방법이라고 할 수 있다.

그런가 하면 터키에서는 결혼할 때 신부가 커피를 잘 타지 못하면 혼사가 이루어지지 않기도 한다고 한다. 이번에 이야기할 터키쉬 커피Turkish Coffee 심판으로 있는 송인영 심사위원은 이러한 커피 폼의 다양성 중에서도 터키쉬 커피의 매력에 빠져 이를 자신의 전문적인 능력으로 승화시킨 사람이다.

터키는 커피의 원조라고 말할 수 있다. 종교적인 의미와 정치적인 의미로 커피를 받아들이고 있는 터키는, 약간은 아프리카 커피와 비슷한 면도 있고 우리나라의 보편적인 커피와도 비슷한 다양성을 가지고 있다. 또 터키쉬 커피는 후추를 넣어 마시거나 시나몬, 코코아 가루를 넣어 마시는 등 독특한 시즈닝을 하기도 한다. 특히 체즈베-이브릭Cezve-Ibrik이라고 불리는 손잡이가 긴 냄비와 주전자의 중간 모습을 하고 있는 이 커피 도구는 터키쉬 커피를 위해 꼭 필요한 도구이자 터키쉬 커피를 대표하는 이미지라고도 할 수 있다. 커피의 폼은 이렇듯 시각화되지 않은 문화를 하나의 대표적인 이미지로 시각화할 수 있게 하기도 한다.

내가 송인영 심사위원을 만나기 전에 터키쉬 커피에 대해 아는 것이라고는 체즈베-이브릭이라는 도구와 커피로 점을 본다는 정도였다. 커피를 마신 후 원두 찌꺼기로 점을 치는 커피점은 바로 이 터키쉬 커피를 마셨을 때만 가능하다. 에스프레소를 추출하기 위한 원두보다 더 곱게 원두를 갈아 물에 여과하지 않고 그대로 물과 함께 가열하여 마시는 터키쉬 커피는 자연스럽게 원두 찌꺼기가 잔에 남게 되는데, 마시는 사람마다 잔에 남은 찌꺼기의 모습이 다르자 그것으로 운을 점쳤던 것이다.

나는 송 심사위원을 만나 그녀가 대접하는 터키쉬 커피를 마시고 운도 점쳐 볼 수 있는 기회를 얻었는데, 그날 나의 운이 길하다고 했던 기억이 난다. 지금 생각해 보니, 터키쉬 커피로 국제적인 정평이 있는 송인영 국제심사위원을 만나고 그녀가 대접하는 커피를 마셨으니 그것이야말로 행운이 아니었을까.

송인영 심사위원이 커피에 입문하게 된 것은 커피의 맛과 향 때문도 아니고 매력적인 커피 문화 때문도 아닌, 원두의 매력에 빠져서였다. 그녀가 실내디자인을 전공하고 처음 사회생활을 시작한 곳이 마침 '커피아카데미'였고, 그곳에서 원두 수입과 관련된 업무를 하게 되었다. 자연스럽게 원두에 대한 다양한 정보를 접하게 되었고, 그러면서 점점 커피의 세계에 들어서게 되었다. 2010년에는 큐그레이더Q-grader를 비롯한 해외 자격증 교육기관에서 교육팀장을 지내며 커핑에 매진했고, 이후 다수의 대학에서 강의를 해오고 있다. 아울러 월드바리스타챔피언십WBC의 심사위원이자 ㈜파리크라상이 운영하는 SPC컬리너리아카데미에서 커피강사로 일하고 있다. 또 커피 하는 사람의 시선으로 바라본 커피업계 이야기를 담은 『커피덴셜』2015이라는 책을 출간하기도 하였다. 나는 예전에 우연히 그 책을 읽으며 저자의 내공이 상당히 실린 좋은 책이라고 생각했는데, 바로 송 심사위원의 저서였다.

그녀는 자신이 터키쉬 커피를 전문적으로 하게 된 이유에 대해 터키쉬 커피가 가진 자유로움을 제일로 꼽았다. 터키쉬 커피는 정해진 룰보다는 바리스타의 창의력을 바탕으로 자유롭게 만들어낼 수 있는 커피라는 것이다. 그 한 예로 2011년 네덜란드에서 개최된 SCAE WORLD OF COFFEE 챔피언십 대회 체즈베 이브릭CEZVE IBRIK 커피 부문에서 배진설 바리스타는 한복을 입고 대회에 참가하였으며 세계챔피언이 되었다. 으레 바리스타 하면 흰색 셔츠에 검은색 앞치마를 두른 모습의 이미지를 그리게 된다. 한때 한국에 커피 열풍을 가져왔던 드라마 '커피프린스'의 모습 때문이기도 하겠지만, 화이트&블랙이라는 색이 우리가 마시는 커피를 떠올리게 하기 때문인지도 모르겠다. 그러나 배진설 바리스타는 세계적인 대회에 당당하게 꽃분홍 치마에 배씨댕기를 한 모습으로 참가하였다. 즉 터키쉬 커피는 체즈베-이브릭이라는 도구를 바탕으로 하지만, 이를 만들어내는 바리스타의 자국 문화가 접목될 수 있는 커피인 것이다. 더군다나 송인영 심사위원은 처음부터 원두에 대한 이해를 바탕으로 커피를 시작했기 때문에 터키쉬 커피는 그녀와 너무나 잘 맞는 분야였다.

앞서 이야기한 것처럼 터키쉬 커피는 곱게 간 원두가루를 물과 함께 가열한 후 추출된 커피를 잔에 따라 낼 때 45도 각도로 꺾는데, 열로 인해 우러난 커피가 원두가루와 섞이지 않고 잔에 따라질 수 있도록, 즉 자연스럽게 필터링이 되도록 설계되어 있다. 물론 아무리 기술적으로 커피를 따라 낸다 해도 자연스럽게 원두가루가 섞이기 마련인데, 개인적으로 나는 그 원두가루가 입에 닿았을 때 느껴지는 커피의 맛이 좋다. 이렇게 직접 입에 닿는 원두의 경우는 그렇지 않은 커피의 원두보다는 그 질이 좋을 수밖에 없으리라 생각되기 때문이다.

에스프레소가 껍질을 잘 깎아 내놓은 사과라면, 터키쉬 커피는 껍질째 먹는 사과라는 느낌이 드는 이유도 여기에 있다. 껍질째 먹는 사과의 경우 특별히 더 좋은 품종의 사과를 고르게 되는 것처럼, 원두를 직접 먹을 수밖에 없는 터키쉬 커피 또한 더 좋은 품질의 원두를 사용하는 것은 같은 이치일 테니 말이다.

물론 터키쉬 커피를 제대로 음미하려면 끓여내어 잔에 따른 후 바로 마시는 것보다는 조금 식힌 후 자연스럽게 원두 입자들이 가라앉은 후 음미하는 것이 좋다. 하지만 나는 입에 들어온 원두 입자가 거북스럽지 않고 오히려 원두의 또 다른 맛을 음미할 수 있어 더욱 좋았다. 이 또한 터키쉬 커피의 자유로움에 따른 마시는 방법의 자유로움이 아닐까 한다.

이러한 터키쉬 커피의 매력에 빠져 있는 송인영 심사위원은 직접 커피를 추출하는 것에 그치지 않고 이제는 국제대회 심사위원으로도 활동하고 있다. 그 시작은 국내대회 심사를 위해 방문한 심사위원과 같이 일을 하다 자연스럽게 관심이 옮겨간 것이다. 그리고 활발하게 국제 교류를 하며 2012년 6월에는 유럽의 비엔나에서 열린 세계 커피 대회의 국제심사위원으로 참가하였다. 그녀는 터키쉬 커피라는 터키의 전통적인 커피에 바리스타 자국의 문화를 접목할 수 있는 점을 좀 더 널리 알리는 것이 목표인데, 이 모든 것은 커피가 가지고 있는 '폼Form'의 특성을 간파하고 있기에 가능하다. 원두가 가지는 진정성을 중시하는 터키 특유의 룰과 규칙이라는 폼에 대한 충분한 이해와 함께, 창의성과 자유성을 융·복합하여 또 다른 폼을 만들어내기 때문이다.

아이디어 탐방, 커피의 폼을 만들어내다

이렇게 나라별 커피 문화를 알아보는 것으로도 커피는 무궁무진한 이야기를 가지고 있는데, 커피의 이런 매력을 느끼고 커피 탐험가로 살아가고 있는 바리스타가 있다. 『커피, 어디까지

가봤니?』의 저자이기도 한 조혜선 바리스타이다. 조 바리스타를 만나기로 약속하고 그녀의 책을 먼저 읽었는데, 커피에 대한 질문이 '커피를 얼마만큼 마셨는지, 얼마만큼 좋아하는지'가 아니라 "어디까지 가봤느냐?"라는 것이 흥미로웠다.

조혜선 바리스타의 첫인상은 반짝이는 눈에 호기심이 가득한 여행가의 모습이었다. 그도 그럴 것이 그녀가 '커피'라는 세계에 눈을 뜨게 된 것도 여행을 통해서였고, 그녀의 커피 인생을 더욱 깊이 있게 해준 것 또한 여행이었기 때문이다. 바리스타가 되기 전 바텐더를 했던 그녀에게 자신이 하는 일은 '손님들이 원하는 음료를 만들어주며 사람들의 이야기를 듣는 작은 여행을 떠나는 일과 같았다.'고 한다. 그러다가 실제로 자신의 여행을 하기 위해 호주로 떠났고 그곳에서 커피를 마주하게 되었다. 그렇게 그녀의 '커피 인생'이 시작된 것이다.

그리고 브레이크가 고장 나 멈출 수 없는 자동차처럼 커피에 대한 열정과 갈망은 그녀를 또 다시 여행길에 오르게 했고, 2년 반이라는 시간 동안 아메리카 대륙을 누볐다. 그 시간 동안 그녀는 자신이 머무는 곳이 포근한 집이고, 만나게 되는 사람들이 친구이고, 그녀가 방문한 농장이 자신의 집 마당이었다고 한다. 왜냐하면 이 모든 것이 '커피'로 연결되어 있기 때문이란다. 조 바리스타는 이런 커피야말로 '사람과의 소통이 이루어지도록 이어주는 매개체'라고 말한다.

그녀의 커피 여행은 지나는 여행이 아니라 머무는 여행이다. 그렇기에 그녀는 스페인어 개인 교습까지 받으며 커피 산지의 농민들과 그곳의 풍습에 녹아들기 위해 노력하였다. 그녀는 진정 그들과 같은 것을 느끼고 같이 숨쉬며 살아가는 것을 추구한 것이다. 이런 이유로 조혜선 바리스타는 볼리비아에서는 COE(Cup Of Excellence, 한 국가에서 특정 연도에 생산된 최고의 커피 원두에 부여되는 명칭, 미국의 비영리단체 Alliance for coffee Excellence에서 운영) 심사위원으로 활동할 수 있었다. 국제 COE 대회는 당연히 외국인들이 심사를 하지만, 국내 대회를 낯선 이방인 그것도 저 먼 아시아에서 온 한국인에게 부탁한다는 것이 쉬운 일은 아니다. 이는 조 바리스타의 실력뿐만 아니라 그녀의 친화력이 낳은 결과라고 생각한다.

결코 멈추지 않을 것 같은 조혜선 바리스타, 그녀와의 대화에서 나는 그녀의 이후 행보가 너무나 궁금해졌다. 아니나 다를까, 그녀는 새로운 이정표를 찾아 떠날 준비를 하고 있었다. 새로운 커피 여행을 다녀온 후 그녀의 커피 한잔에는 또 다른 인생이 담겨 있을 것이라고 생각하니, 벌써부터 기다려진다.

조혜선 바리스타를 만나 이야기를 나누다보니 그녀가 커피에 대해 왜 "어디까지 가봤니?"라는 물음을 던지는지 알 수 있었다. 이는 장소적인 의미의 '어디'라는 것도 있겠지만 커피에 대한 열정의 끝이 '어디'인지를 묻는 것이리라. 그녀는 스스로 커피에 대한 열정의 끝이 어디인지 묻고 있는 것인지도 모르 겠다. '적당히'라는 것은 생각할 수도 없는 사람인 그녀는 바리 스타로 커피 여행을 시작하여 아직도 여행 중이다. 2014년에 는 EBS '세계견문록 아틀라스'를 통해 콜롬비아, 과테말라, 미 국 시애틀을 누비며 커피의 수확, 가공, 소비 과정 등을 살펴 보고, 커피문화를 경험하였다고 한다. 그녀의 커피에 대한 열 정이 식는 그날이 바로 그녀가 커피 여행을 끝내는 날이 아닐 까? 그래서 나는 더욱 조혜선 바리스타가 커피 여행을 멈추지 않았으면 한다.

커피의 폼은 이렇듯 여행을 통해서도 찾아낼 수 있다. 다양 성이라는 것을 이해하기 위해서는 그 다양성에 직접 몸을 던 져야 하기 때문이다. 특히나 커피문화의 다양성을 이해하기 위해서는 더욱 그렇다.

나는 평소에 '아이디어 탐방Idea Excursion'을 통해 다양한 아 이디어를 찾아내곤 한다. 아이디어는 멈추어 있으면 도태되 기 마련이다. 그러나 계속 움직이면 그만큼 새로운 아이디어 를 찾아낼 수 있는 가능성이 높아지게 된다. 그래서 나는 평소 이동 시에 자동차 대신에 대중교통을 이용하거나 걷는 방법을 택한다. 운전을 하게 되면 '운전'이라는 틀에 갇혀 있게 되지만 지하철을 타거나 걸어 다니게 되면 생각이 열리면서 다양한 아이디어가 나오기 때문이다. 이는 내가 길거리나 카페를 나의 연구실이자 사무실로 삼는 것과도 일맥상통한다. 나는 대부분의 인터뷰나 업무 미팅을 카페에서 하는데, 사무실에 있을 때보다 열린 생각을 할 수 있기 때문이다. 이것이야말로 생활 속에서 아이디어를 얻어낼 수 있는 필수 코스가 된다. 아이디어에 대한 이야기가 나온 김에 좀 더 이야기를 해보자.

아이디어를 얻기 위한 생활 속 필수 코스는 4가지로 '관찰', '탐색', '주유', '조우'가 있다. '관찰'은 평소에 그냥 지나치던 것도 새의 눈으로 혹은 물고기의 눈으로 자세하게 관찰하는 것이다. 평소에는 아무렇지 않게 스쳐 지나갔던 것도 자세하게 살펴볼 때 아이디어를 얻을 수 있다. 다음은 '탐색'이다. 관찰을 했다면 탐색은 자연스럽게 이루어진다. 탐색을 통해 관심사를 발견했다면 이를 좀 더 깊게 파고드는 탐색을 하는 것이다. '주유周遊'는 두루 돌아다니며 탐방한다는 뜻으로, 앞서 이야기한 아이디어 탐방의 방법이다. 마지막으로 '조우'인데, 이는 만남을 통해 아이디어를 얻는 생활 속 코스이다. 가장 쉬우면서도 다양한 방법이 가능한 코스로, 지금 이렇게 책을 통해 내가 독자들과 만나는 것도 조우의 한 방법이다. 아울러 내가 커피를 위해 많은 사람들을 만나 이야기를 나누며 커피에 대한 정보를 얻는 것도 '조우'이고, 이는 내가 커피에 대한 아이디어를 만들어낼 수 있는 큰 원동력이다.

조혜선 바리스타가 자신만의 커피 인생을 '여행'이라는 아이디어로 이어가고 있는 것도 이러한 생활 속 코스를 밟아왔기에 가능한 것이다. 그녀만큼은 아니지만 나도 커피를 통해 전 세계 많은 곳을 다니면 다양한 사람들을 만나왔다. 특히 미국의 커피 여행은 커피를 통해 다양한 문화를 직접 배우고 느끼는 기회가 되었다. 이는 커피의 폼이라는 특성이 있었기에 가능했던 것이기도 하다.

5) C.O.F.F.E.E–Education

커피의 열린 생태계Open ecosystem적 특성은 커피에 대한 관심을 가지기 시작한 사람들에게 좀 더 깊은 공부를 할 수 있는 환경을 만들어주는 기반이 되기도 한다.

나는 한국 커피시장의 빠른 활성화의 이유 중 하나로 '커피교육'을 꼽는데, 우리나라의 커피교육은 세계적으로도 견줄 만하다고 생각한다. 교육이란 본디 인간의 가치를 높이고자 하는 행위 또는 그 과정을 의미한다. 우리나라의 커피에 대한 교육이 활성화될수록 국내의 커피 가치는 당연히 높아질 것이다. 아울러 커피에 대한 교육은 개개인의 능력을 발전시켜 자연스럽게 커피시장 전체의 발전을 가져오게 된다.

영어 에듀케이션Education은 라틴어 'educare'에서 유래한 것으로, 'e'의 '밖으로'와 'ducare'의 '끌어낸다'가 합쳐진 합성어이다. 즉, 빼낸다는 의미와 끌어올린다는 의미를 가지고 있어 내적 능력을 개발시키고 미숙한 상태를 성숙한 상태로 만든다는 의미를 포함하고 있다. 커피에 대한 교육들은 '열린 생태계' 속에서 이루어지기 때문에 더 많은 전문가들을 배출할 수 있게 된다. 이것은 시장에 직접적으로 뛰어들어 커피를 업으로 삼는 사람들은 물론이거니와 커피를 즐기고 사랑하는 사람들에게 좀 더 많은 즐거움을 가질 수 있게 하는 발판이 되기도 한다.

커피의 열린 생태계를 만들어내다

나는 커피에 관심을 가진 후 커피와 관련된 수많은 책을 읽었다. 하지만 책을 통해 얻을 수 있는 지식과 정보는 한계가 있었다. 이에 자연스럽게 커피교육을 받아야겠다는 생각을 하게 되었고, 유디씨델라꼬레아Univerita Dela Caffe Della Corea에서 커피에 대한 이론적인 공부를 하였다.

유디씨델라코레아는 이탈리아 커피 브랜드 일리illy사가 에스프레소 문화의 정착과 발전을 위해 설립한 커피대학이다. 커피라고 하면 이론보다는 실전이 중요하다고 생각했는데, 일리illy 커피대학의 커리큘럼은 오직 이론으로만 구성되어 있는 것이 의아했다. 이에 대해 일리 커피대학은, 커피의 실전은 계속적인 반복을 통해 습득 가능한 부분이지만 커피의 본질을 모르는 상태에서는 테크닉 부분만으로 커피에 대한 전문성을 가지기 어렵다는 것이었다.

바리스타라는 직업은 흔히들 손 기술만으로 가능하다고 생각하기 쉬운데, 커피에 대한 전체적인 이해가 없다면 절대로 명인 바리스타가 될 수 없다. 그렇게 일리 커피대학의 단기과정을 수료한 후에는 로스팅Roasting에 대한 공부를 계획하였다. 커피의 재배와 수확을 직접 할 수 없다면 가장 먼저 로스팅에 대한 이해가 필요하겠다는 생각에서였다.

하지만 챠오바Café Ciaobar 박지혁 대표를 만나 나의 계획을 얘기하니 그는 로스팅보다는 커핑Cupping을 추천하였다. 그 이유로, 커피라는 것은 음료로서 '맛'이 무엇보다 중요한 요소인데, 이 맛이라는 것이 주관적인 부분이 강하기 때문이라고 하였다. 이러한 주관적인 맛을 객관화하는 것이 바로 커핑인데, 바리스타가 커피의 맛에 대해 잘 알지 못하면 절대 맛있는 커피를 만들어낼 수 없다는 것이었다. 순간 무릎을 딱 칠 수밖에 없었다. 나는 커피라는 전체 그림을 보다가 가장 중요한 맛에 대한 고민을 놓쳐버린 것이었다. 나는 한국에서 커핑을 제대로 배울 수 있는 곳이 있는지 물었고, 그는 한치의 망설임도 없이 '커피리브레Coffee Libre'의 서필훈 대표를 추천하였다.

서필훈 대표가 운영하고 있는 커피리브레에는 특별함이 있다. 먼저 커피리브레가 지향하는 브랜드 미션을 보자.

'커피를 매개로 만나는 사람들의 미각적 행복과 기술적 진보를 위해 노력한다. 커피를 만드는 최초의 인간, 농부들에게 실질적 고마움과 구체적 희망을 전할 수 있기를, 삶은 유한하고 즐거움은 끝이 없어라.'

얼핏 커피를 사랑하는 시인의 인생론 같지 않은가? 이는 어쩌면 카페뿐 아니라 서 대표의 인생론을 대변하고 있는지 모르겠다. 이런 서 대표가 후배 두 명과 함께 커피 산지와 생두

커피리브레 커핑교육(좌)과
커핑하는 모습(우)

공부를 하고 싶은 마음에서 시작한 카페가 커피리브레다.

산지에 가기 위한 항공권 값을 마련하기 위해 시작한 카페가, 비록 시장 한구석의 7평 정도의 공간에 불과하지만 찾아오는 단골손님들도 많고 매출도 높은 카페가 되었다. 특히 좋은 생두를 들여오고 만족할 만한 로스팅을 하는 데 중점을 두고 있는 커피리브레는 좋은 생두로만 엄격하게 로스팅해 납품하고 추출하는 카페로 인식되어 있다. 최근에는 신세계백화점 강남점의 '파미에 스트리트'에도 카페가 생겼고, 연남동에 위치한 카페는 TV프로그램인 '수요미식회'에서 소개되어 극찬을 받을 정도로 큰 인기를 얻고 있으며, 수많은 동네 카페에서 커피리브레의 원두를 사용하고 있을 정도로 인정을 받고 있다.

서필훈 대표는 국내 1호 큐그레이더Q-Grader이다. 큐그레이더는 말 그대로 커피의 품질Quality을 평가하여 등급Grade을 매기는 커피와 원두 감별사이다. 내가 서 대표를 처음 만났을 때만 해도 큐그레이더는 세계적으로도 약 800명 정도밖에 되지 않아서 희소가치가 높은 직업이었다. 하지만 전 세계에서 가장 뜨거운 커피교육 열풍 덕분에 이제는 한국에서 큐그레이더를 쉽게 만날 수 있게 되었다. 큐그레이더에 대해서는 뒤에서 좀 더 자세하게 이야기하도록 하겠다. 어쨌든 큐그레이더는 충분히 자부심을 가질 만한 직업임에는 틀림없다.

하지만 서 대표가 생각하는 큐그레이더는 다르다. 큐그레이더는 더도 말고 덜도 말고 그저 자격증일 뿐이라는 것이다. 의사가 의사자격시험을 합격했다고 하여 곧바로 훌륭하고 실력 있는 의사라는 명징한 증거가 될 수 없는 것처럼, 이 또한 마찬가지라는 것이다. 이보다는 자격을 얻고 난 후의 경험과 열정을 통한 실력 축적이 더 중요하다는 것이 그의 주장이고, 이는 커피에 대한 그의 신념을 엿볼 수 있는 부분이기도 하다. 그리고 이런 신념은 그가 커피에 입문했을 때부터 남다른 열정으로 나타났다. 그는 커피에 입문하면서부터 낮에는 주방과 로스터 기계 앞에서 보내고 밤이면 커피에 관련된 책과 논문을 찾아 읽으면서 끊임없이 공부하였다. 커피에 대해 공부하던 그 5년의 시간이 자신의 삶에서 가장 열심히 살았던 날이라고 하니, 그의 열정과 패기가 어느 정도였는지 짐작할 수 있을 것 같다.

그 열정은 지금까지도 계속되고 있다. 서필훈 대표가 '2012 월드 로스터스 컵' 세계 챔피언이 되었다는 소식을 들었다. '월드 로스터스 컵' 대회는 대만의 유명 커피회사의 조 슈 대표가 초청한 10개국 로스터들이 치르는 대회이다. 스페셜티 커피 로스터들 간의 소통과 교류를 증진하고 서로의 우정과 기술 공유를 확대한다는 취지를 가지고 있는 대회로 친선대회의 성격을 띠고 있지만, 현역 COE^{Cup of Excellence} 국제심사위원들과 WBC^{월드바리스타챔피언십} 국제심사위원들의 블라인드 커핑으로 진행되는 국제적인 대회이다.

2012년 12월 16일 대만에서 열린 2012 월드 로스터스 컵 대회는 영국의 스퀘어 마일스(2007 WBC 챔피언 제임스 호프만, 2007 세계커핑대회 챔피언 아네트 몰도바의 로스팅 전문회사. 2008, 2009년 세계바리스타 챔피언 배출), 일본 바리스타 챔피언의 산실로 유명한 마루야마커피(Maruyama Coffee, 4년 연속 일본 바리스타챔피언을 배출하고 있는 세계적인 스페셜티 커피 회사), 미국의 클래치 커피 로스터스(Klatch Coffee Rosters, 미국바리스타 챔피언십 2회 우승으로 유명한 Heather Perry의 회사), 대만의 오시르 커피(Orsir Coffee, 대회의 호스트이자 대만 스페셜티 커피의 선구자 Joe Hsu의 회사), 호주의 세븐 시즈(Seven Seeds, 호주의 대표적인 스페셜티 커피 리더), 과테말라의 파라디그마(Paradigma Coffee Roaster, 2012 WBC 챔피언 Raul의 회사), 스웨덴의 아레카페(Are Kafferosteri, 스웨덴의 대표적인 스페셜티 커피회사), 멕시코의 카페 수블리메(Café Sublime-specialty Coffee roasters, 2012 WBC 2위 Fabrizio의 회사), 콜롬비아의 아모르 페르펙토(Amor Perfectto, 콜롬비아의 대표적인 스페셜티 커피회사) 등 10개국을 대표하는 커피 로스팅 전문가들이 참가하였고, 서필훈 대표는 당당하게 챔피언의 자리에 올랐다.

이는 개인적인 성과일 뿐 아니라 한국의 커피 위상을 높였다는 점에서도 큰 의미가 있다. '월드 로스터스 컵'에 참가하기 위해서는 대회 초청을 받아야만 가능한데, 자연스럽게 전 세계의 내로라하는 커피전문업체들과 경쟁을 하게 된다. 그 속에서 당당하게 우승을 함으로써 한국의 커피 로스터 능력이 인정을 받게 된 것이다. 최근 세계적으로 한국과 호주의 커피 붐이 주목받고 있는 상황과 지난 SCAA 포럼 주제가 '한국 시장 어떻게 접근할 것인가'가 될 만큼 외국에서 한국은 돈 되는 시장으로만 인식되어 있을 뿐, 기술적으로 인정받지 못하고 있는 실정이었다. 이러한 때 커피리브레 서필훈 대표의 우승은 한국 커피가 기술적으로 성장했다는 것을 증명하는 기회가 되었던 것이다.

나는 이러한 성과에 대해 '대만의 심판'이라고 명명하며 기뻠을 금하지 못했었다. '대만의 심판'은 '와인'과 관련하여 이야기되는 '파리의 심판'에서 따온 것인데, 1976년 프랑스 와인은 지금보다 더 강력하게 와인 시장을 지배하고 있었다. 미국을 비롯한 전 세계 여러 지역에서 와인을 생산하는 사람들은 누구나 프랑스 와인보다 훌륭한 와인을 생산하고자 있는 힘을 다한 것은 당연하였다. 이때 미국 캘리포니아 지역의 와인 생산자들은 자신들이 만든 와인이야말로 프랑스 와인을 능가하는 와인이라는 자부심을 가지고 있었는데, 이를 증명한 사건이 바로 '파리의 심판'이다. 이에 비추어 나는 한국의 커피가 새롭게 평가받는 기회가 되었던 '2012 월드 로스터스 컵'을 '대만의 심판'이라 명명했던 것이다.

이런 '대만의 심판'에서 큰 역할을 한 서필훈 대표의 커피에 대한 열정은 '커피리브레'를 오픈한 이후에도 멈추지 않았다. 그는 계속해서 커피 원산지를 찾아다니고 커피 전문가들을 만나고 국제 세미나에 참석하며 커피에 대한 연구를 멈추지 않고 있는데, 현재는 과테말라에 신규매장을 오픈하기 위해 머물고 있다.

서필훈 대표는 자신이 커피를 하고 있는 목적과 목표가 결코 최고의 바리스타, 로스터, 커퍼의 자리에 오르기 위함이 아니라, 자신이 좋아하고 잘 하는 분야가 커피이고, 그렇기에 열심히 공부하며, 또한 그것을 사람들과 즐겁게 나누기 위해 지금까지도 계속 커피를 손에서 놓지 않고 있다며, 그야말로 '장인'의 모습을 보여준다.

'장인'이란 단순히 손재주와 기술이 훌륭한 사람을 일컫는 것이 아니라, 그 사람이 하고 있는 일을 보고 있자면 흡사 예술가처럼 보이기까지 하는 사람을 말한다. 그렇다면 서필훈 대표는 열린 생태계의 진정한 장인 중 한 명이 아닐까 싶다. 스스로가 커피로 인해 행복하고 즐거운 인생을 살고 있으며, 그 행복을 위해 끊임없이 연구하여 좋은 커피를 만들어내고 있는 것을 보면 말이다. 나아가 그는 커피를 통해 얻은 행복과 즐거움을 사람들과 나누고 있는데, 커피를 매개로 만나는 사람들에게 좋은 커피로, 그리고 커피에 대한 자신만의 노하우를 공유하는 것으로 나누고자 한다. 그가 커피의 최초 생산자인 농부들에게 실질적인 고마움을 전하겠다고 말하는 것도 같은 맥락이라 생각된다. 커피의 열린 생태계에는 바리스타, 로스터와 같이 커피를 업으로 하는 사람들 외에도 직접 커피를 재배하고 있는 농부들도 함께 있기 때문이다.

서필훈 대표의 제자로서, 그리고 그의 커피를 사랑하고 '커피리브레'를 사랑하는 한 사람으로서, 그가 넓은 세상을 마주하며 느끼는 커피에 대한 행복과 즐거움을 계속해서 전달 받았으면 좋겠다. 그것이야말로 양질의 커피를 맛볼 수 있는 기회가 늘어나는 것이고, 그를 통해 더 많은 커피 장인들이 늘어나게 되는 것이니 말이다.

서필훈 대표는 교육을 통해 자신의 노하우를 커피의 열린 생태계에 함께 있는 사람들과 공유하기도 하지만, 직접 커피 전문점들에 영향을 주기도 한다. 알레그리아 커피로스터스의 유기용 대표allegriamall.com도 서 대표에게 커핑 교육을 받은 사람이다. 유 대표는 커피 창업 이전에 누구나 부러워할 만한 대기업에서 일했지만 커피의 매력에 빠져 과감히 새로운 커피 인생을 살고 있는 사람이다. 유 대표와 나의 인연은 그가 초대한 커피파티에서 시작되었는데, 지금까지도 친밀한 관계를 이어가고 있다. 이렇듯 교육이라는 것은 같은 목표를 가지고 있는 사람들과의 인연을 이어주기도 하고, 함께 발전할 수 있는 원동력이 되어주기도 한다.

커피전문가들을 배출하다

커피교육에는 서필훈 대표의 커핑, 로스팅 교육 과정과는 조금 다른, 전문적인 자격증 취득을 위한 교육시스템도 있다. 나는 이러한 커피교육을 크게 세 가지로 나누어 보았다.

첫 번째는 바리스타Barista 교육이다. 바리스타는 이탈리아어로 '바 안에 있는 사람'이라는 뜻이다. 이탈리아에서는 미국과 한국 등에서 쉽게 볼 수 있는 커피전문점들을 찾기 어렵다. '커피 바Coffee Bar'로 불리는 작은 카페들이 많은데, 커피 외에도 빵·쿠키 등과 같이 간단하게 요기를 할 수 있거나 식사를 함께 할 수 있는 형태이다. 때문에 '바Bar 안에서 커피를 만들어주는 사람'이란 뜻으로 '바리스타'라는 명칭이 만들어진 것이다.

스타벅스도 이탈리아 '커피 바' 스타일을 표방하였다. 하지만 재밌게도 이탈리아에서 스타벅스를 찾기 어렵다. 여러 이유가 있겠지만 가장 큰 이유는 이탈리아에는 이미 '커피 바'라는 자신들만의 커피전문점 형태가 너무 깊게 뿌리박고 있어서 대형 커피전문점들이 경쟁력을 갖기 어렵기 때문이다. 그런데 스타벅스는 2018년 밀라노에 이탈리아 1호점 오픈을 계획하고 있다고 한다. 전 세계적으로 성공을 거둔 스타벅스지만, 과연 커피 바로 커피에 대한 문화가 다른 이탈리아에서 성공을 거둘 수 있을지는 앞으로 지켜보아야 할 흥미로운 일이겠다.

여하튼 바리스타란 커피를 만드는 전문가를 가리킨다. 바리스타로 활동하기 위해서 반드시 자격증이 있어야 하는 것은 아니다. 그럼에도 바리스타로서의 전문성을 인정받기 위해 많은 지원자들이 자격시험에 응시한다. 나는 바리스타의 경우 자격증이라는 것은 커피를 업으로 하는 사람들의 실력을 쌓는 노력의 일환이라고 생각한다. 누구나 쉽게 배울 수 있는 것이 커피이고 바리스타 교육이지만 자격증을 취득한다는 것은 커피의 세계에서 임하는 자세를 다르게 하기 때문이다.

두 번째는 커핑Cupping 교육이다. 커핑은 커피가 지닌 향과 맛을 평가하여 좋은 생두를 선별해내는 방법이다. 커핑에 대한 전문적인 소양을 갖춘 사람들로는 '큐그레이더Q-grader'와 커퍼Cupper, 커피 감별사를 꼽을 수 있다. 그리고 최근 관심을 받고 있는 '알그레더R-grader'가 있다. 이탈리아에서는 이를 '아싸지 아또레Assaggiatore'라고 부른다. '커피 감별사'라는 의미인데, '큐그레이더'와 같이 자격을 의미하는 용어는 아니다. 앞서 서 필훈 대표도 보유하고 있는 큐그레이더Q-grader는 와인의 소 믈리에Sommelier와 비슷하다. 와인의 소믈리에와 같은 능력을 인증받기 위해서는 커피감정능력 평가시험을 통과해야 한다. 미각Sensory, 후각Olfactory, 커피 분별능력Triangulation, 커핑능 력Cupping, 유기산 구분능력Organic Matching, 로스팅 판별능력 Roasting Sample I. D. 등 8가지로 분류된 부분에서 총 22과목의 시험을 통과해야 한다. 이러한 과정을 거쳐 자격증을 취득한 사람만이 큐그레이더라는 명칭을 사용할 수 있게 되는 것이 다. 이는 SCAA미국스페셜티커피협회 산하 CQICoffee Quality Institute, 커 피품질연구소가 인증하는 자격이다.

SCAA는 Specialty Coffee Association of America의 약자 로 스페셜티Specialty 커피의 기준을 만들고 이와 관련된 대회 와 전시회를 개최하는 비영리 단체이다. 1982년 스페셜티 커 피의 기준과 무역에 관해 논의하는 커피 전문가들의 모임에서 시작하여 원두의 재배, 수확, 유통, 로스팅 등 커피가 만들어지는 전 과정에서 스페셜티 커피가 갖춰야 할 기준을 만들고, 아울러 전문 인증 프로그램, 커피관련 교육 등의 활동을 목표로 하고 있다. 매년 월드 바리스타 챔피언십World Barista Championship, 전시회SCAA Exposition, 세계 커피 생산지에서 열리는 세미나로스터 길드, Roaster Guild를 개최하고 있다.

　SCAA의 창립은 전 세계 커피시장의 흐름을 바꾸고 유행에 민감한 국내 커피시장에도 큰 영향을 미쳤다. 특히나 한국과 미국에서의 스페셜티 커피는 조금 다르게 사용되고 있다. 스페셜티 커피라 하면 우리는 저렴한 가격으로 구입할 수 없는 커피를 떠올리기 마련이다. 하지만 스페셜티 커피는 가격을 말하기에 앞서 가치를 추구해야 하고, 우수한 품질의 커피와 건전한 소비문화와도 관련이 있다. 한국의 경우 커피 관련 산업이 발전하고 관심이 높아지면서 상업적인 커피에서 스페셜티 커피로 급작스럽게 변화한 상황인데, 이 때문인지 스페셜티 커피라는 표현을 오용하는 경우도 있다.

　SCAA에서 정의하고 있는 스페셜티는 '고품질의 생두가 지닌 고유의 향미와 개성을 잘 살려 로스팅한 후 여러 가지 도구를 이용하여 올바른 추출법으로 추출한 커피'를 말한다. 이를 위해서 세계 각국의 커피 전문 감별사Q-grader가 품평한 커피 중에서 100점 만점에 80점 이상을 획득해야 한다. 이러한 자격은 커피무역을 위한 품질 기준이 되고, 농장을 직접 방문하지 않고도 고품질의 커피를 믿고 살 수 있는 중추적인 역할을 한다. 이런 스페셜티 커피를 품평하기 위한 큐그레이더의 중요성은 더 이상 말이 필요하지 않을 것이다.

아울러 알그레이더R-grader도 SCAA미국스페셜티커피협회의 CQI커피품질연구소 기술고문인 테드 링글에 의해 만들어진 자격이다. 테드 링글은 SCAA의 창립을 주도한 사람으로 오랜 기간 회장을 맡으며 CQI를 만들어 커피 평가의 신기원이라는 큐그레이더와 알그레이더 시스템을 만들었다. 특히 알그레이더는 한국에서 2012년 7월에 제1기로 10명을 배출한 바 있다. 큐그레이더와의 차이점은, 큐그레이더가 아라비카종 원두의 품질에 대한 등급을 평가한다면 알그레이더는 로부스타 커피의 품질을 평가한다는 점이다.

일반적으로 커피원두는 아라비카와 로부스타로 구분하는데, 아라비카는 적도 부근의 해발 800~2,000m 고지대의 맑은 공기 속에서만 자라며, 고지대일수록 커피 열매가 천천히 익어 더욱 풍부한 맛과 향을 지니게 된다. 이런 아라비카는 다소 연약하여 자라나는 조건이 까다롭다. 하지만 로부스타는 아라비카와 달리 해발 800m 이하의 저지대에서 재배되며 자라는 속도가 빠르고 병충해에 강한 것이 특징이다. 때문에 재배 방법도 아라비카에 비해 수월하고 가격이 낮은 장점을 가지고 있다. 반면 그 맛에 있어서는 거친 맛을 가지고 있어 섬세한 맛을 필요로 하는 스트레이트커피보다는 인스턴트커피나 에스프레소의 블렌딩용으로 사용된다. 이 때문에 로부스타는 그동안 상대적으로 저평가 받아왔다. 그러나 최근 그 중요성이 다시금 화두가 되고 있다. 생물학적 측면에서 볼 때 로부스타가 아라비카 커피보다 더 발전될 가능성을 가지고 있고, 또 날로 더워지는 지구환경을 볼 때도 로부스타의 중요성이 보다 커질 것으로 예상하기 때문이다.

마지막은 로스팅Roasting 교육이다. 미국의 경우는 로스터, 바리스타, 커피를 나누어 교육하기도 한다. 하나의 예로 미국에서는 로스터인 경우 바리스타 업무를 겸하여 하지 않는데, 로스터는 로스터로서 커피를 볶고, 바리스타는 바리스타의 전문적인 일을 서로 분업화하고 있다. 여러 가지 이유가 있겠지만, 일단 미국 사회가 전문직을 여러 개 갖기보다는 한 가지를 전문적으로 하는 경우가 많은 문화 때문이기도 할 것이다.

커피교육은 커피를 전문적으로 하고자 하는 사람들에게 커피에 대한 지식을 채워주고 그들의 능력을 인증해주기 위한 발판이 된다. 커피에 대한 다양하고도 전문적인 교육을 하고 있는 곳으로 '커피문화원'이 있다. 최성일 원장을 만나 자격증 분야의 교육에 대해 물어보자 그는 의외로, 커피는 교육이 필요하기도 하지만 그에 앞서 중요한 것은 개방성이라고 하였다. 커피는 누구에게나 열려 있는 개방성이 있는 분야이기 때문에 그만큼 접근 방법도 다양하다는 의미였다. 이 또한 커피가 열린 생태계임을 다시금 느끼게 하는 부분이다.

최성일 원장은 커피와 관련된 3대 기관이라 불리는 SCAA, SCAE, COE^{Cup Of Excellence}의 자격증을 모두 취득하였고, SCAE의 한국지부장을 맡고 있기도 하다. 이들은 각 나라에 있는 커피협회로, SCAA는 미국스페셜티커피협회^{Specialty Coffee Association of America}, SCAE는 유럽스페셜티커피협회^{Specialty Coffee Association of Europe}, SCAK는 한국스페셜티커피협회^{Specialty Coffee Association of Korea}이다. 각 기관은 스페셜티 커피의 발전을 도모하고 커피문화의 확산을 주도하는데, 서로 간의 경쟁이 치열한 만큼 각국의 커피 발전에 크게 기여하였다. 최근 SCAA와 SCAE가 서로 통합하여 2017년 1월 1일부터는 공식 통합된 기구로 운영되고 있다. 두 협회는 같은 목적으로 노력해오며 때로는 하나의 프로젝트로 협력했지만, 서로 다른 접근법을 가지고 있었다. 그러나 서로의 불필요한 경쟁이 반복된다고 판단하여 스페셜티 커피업계의 발전과 성장을 위해 통합을 선택한 것이다.

최성일 원장은 통합 이전에 각 협회의 자격증을 취득하였는데, 이후 커피의 개방성을 좀 더 넓히고자 2005년에는 커피문화원을 설립하였으며, 각종 커피 관련 아카데미와 학과에서 강의를 하고 있다. 그의 커피문화원을 졸업하는 사람만 해도 1년에 천 명 가량이 된다고 하니, 커피의 세계에 입문하는 사람들이 점점 더 많아지고 있는 것이다. 수강생들은 중학생부터 의사, 교수, 가수 등에 이르기까지 연령과 직업이 다양하다. 최 원장은 이렇게 커피를 배우고자 모이는 사람들을 통해 다양성을 배운다고 한다. 다양한 사람들이 모여드는 것을 '다름'이 아닌 '다양성'으로 받아들여야 우리의 커피시장이 더욱 발전될 수 있다는 것이다.

생각해보면 나도 커피와는 전혀 다른 길을 걸어 왔던 사람 가운데 한 명이다. 그러나 현재는 커피세계에 들어와 활동하고 있다. 물론 커피를 본업으로 하는 사람들의 깊이에는 따라갈 수 없겠지만 이렇게 커피를 통해 많은 사람들과 만나고 이야기를 나눌 수 있게 되었다. 다양한 사람들이 모이고 그들이 가진 다양한 지식이 커피와 접목될 때 또 다른 가능성이 열릴 수 있는 것이다. 때문에 최성일 원장은 자신의 것만이 옳다고 하는 생각을 버릴 수 있어야 한다고 이야기한다. 그래서일까, 그의 교육 방식은 획일화되어 있지 않다. 대부분의 커피교육 방식은 일본의 것을 따르고 있는데, 최 원장의 경우에는 유럽과 미국의 교육 방식을 배워온 후 이를 자신의 것으로 바꾸어 새로운 커리큘럼으로 교육을 하고 있다. 말 그대로 커피교육에 있어 혁신을 꾀하고 있는 것이다.

최성일 원장은, 음식은 배고픔이라는 것을 바탕으로 하고 있기 때문에 단순히 그 욕구만을 충족시켜줄 수 있으면 만족을 이끌어낼 수 있는 반면에, 커피는 배가 부른 후 개인의 기호에 따라 선택을 하는 분야이기 때문에 선택을 받기 위한 무엇인가가 필요하다고 말한다. 나는 커핑의 중요성을 이야기할 때 주관적인 맛의 객관화가 바리스타에게 필요하다는 부분과 최 원장의 이야기가 일맥상통한다는 생각을 하였다. 또한 이러한 과정은 교육이 없이는 절대로 이루어질 수 없는 부분이라 생각한다. 최 원장이 단순히 재테크를 위해 커피전문점을 차린다고 하더라도 커피에 대해 공부하는 것이 중요하다고 강조하는 것도 같은 이치이다.

커피를 만드는 사람과 커피전문점을 운영하는 사람이 구분되어서는 안 된다. 커피전문점을 차리기 위해서는 반드시 커피에 대한 공부를 해야만 하는 것이다. 그와 이야기를 나눌수록 참으로 치밀하면서 굳건한 사람이라는 인상을 지울 수 없었다. 조목조목 이야기를 하는 모습이나 커피의 세계에 입문하고자 하는 사람들의 자세에 대해 이야기하는 모습에서 커피와 커피교육에 대한 그만의 철학이 느껴졌기 때문이다. 그리고 그에게 커피는 끊임없는 도전의 대상이었다. 그는 이미 다수의 자격증과 인정받는 실력을 갖추고 있음에도 불구하고 또다시 박사 학위를 준비하고 있다. 최성일 원장의 더욱 발전된 모습과 함께 커피의 세계에 들어선 많은 사람들이 좀 더 체계적이고 효과적인 커피교육을 받을 수 있게 되기를 기대한다.

커피의 세계를 넓히다

이렇게 국내에서 커피교육에 대한 열정을 불태우고 있는 커피 명인들이 있는가 하면, 다른 방법으로 커피교육에 힘쓰고 있는 사람도 있다. 앞서 커피의 '커넥터Connector'에서 '커피 세리머니'를 얘기하며 잠시 언급했던 비니엄 홍이다. '비니엄Beaniam'은 자신이 직접 지은 이름이다. 에티오피아에서 가장 흔한 원주민 이름인 '베니엄Beniam'에 'a'를 덧붙여 원두를 의미하는 'Bean'과 '-iam'의 합성어를 통해 이름에까지 원두, 커피를 내포할 만큼 커피에 대한 사랑이 넘치는 사람이다. 그가 이렇게 커피에 빠진 데에는 아버지의 영향이 컸다고 한다. 비니엄 홍은 유년시절 아버지가 직접 커피를 볶아 내려 마시는 것을 보고 자랐다. 그래서 커피의 세계에 입문하기 전 무역회사에 근무할 때 좋은 커피를 보게 되면 아버지를 위해 구입하곤 했는데, 그때부터 조금씩 커피에 관심을 가지게 된 것이다. 그리고 결국에는 주변의 반대에도 불구하고 커피의 세계에 들어서게 되었다.

커피에 대해 제대로 공부할 수 있는 곳도, 커피에 대한 자료도 국내에 존재하지 않았던 그 시절, 비니엄 홍은 일본에서 직접 커피 관련 서적들을 하나씩 가지고 들어와 독학으로 공부 하기 시작했다. 2003년부터 약 2년간을 낮에는 일하고 밤에 는 커피 공부를 하는 생활을 해왔고, 본격적으로 커피 공부를 해야겠다는 생각을 하고 또 다시 2년의 준비기간을 거쳐 세계 커피 여행에 올랐다. 커피를 생산하는 나라는 물론이거니와 커피를 생산하지는 않지만 커피를 잘 가공해서 상품을 만들어 판매하는 이탈리아, 프랑스, 스페인 등에서도 공부를 했다. 그 속에서 비니엄 홍은 아프리카 커피에 빠지게 되었다. 그 후 에 티오피아의 커피농장을 보게 되면서 직접 커피농장을 운영하 는 지금에 이르게 되었다. 그렇다면 비니엄 홍이 이토록 커피 농장에 매료된 이유는 무엇일까?

비니엄 홍은 진정으로 커피를 즐길 수 있으려면 한 잔의 커 피를 통해 커피콩의 파종, 수확, 발효의 모든 과정을 느낄 수 있어야 한다고 이야기한다. 이러한 그의 의견은 커피 생산지 에 대한 지식이나 이해 없이는 진정으로 커피를 즐길 수 없 다는 것으로, 생두에 대한 그의 사랑과 커피농장에 대한 그 의 관심이 느껴지는 부분이다. 그는 이러한 커피 사랑을 사람 들에게 전하는 방법으로 교육을 선택하였다. 커피 생산지와 생두에 대한 이해와 지식을 가질 수 있도록 짐마대학교Jimma University와 MOU를 통해 교육프로그램을 진행하고 있는 것 이다.

또한 여기에 그치지 않고 짐마대학교와 좀 더 긴밀한 협력을 통해 4년제 대학 정규과정을 진행하여 커피에 대한 공부를 더욱 깊이 있게 할 수 있도록 노력하고 있다. 아울러 최근에는 커피사업을 같이 하는 몇몇 사람들과 함께 에티오피아 어린이들을 위한 교실을 만드는 공사도 하고 있다. 커피 공부는 그야말로 마라톤이라고 이야기하는 비니엄 홍은, 이미 전문가로서 그 명성을 떨치고 있지만 직접 아프리카 커피농장에서 생활하며 여전히 커피에 대해 공부하고, 또한 커피교육을 통한 전도사의 역할도 하고 있다. 정말이지 그에게 있어 커피는 삶 자체인 듯하다.

책을 쓰며 그의 안부가 궁금해졌다. 트위터를 통해 안부 인사를 건넸는데 오랫동안 대답이 없었다. 그래도 나는 돌아오지 않는 대답이 서운하지 않았다. 이는 그가 아프리카에 있다는 무언의 메시지이기 때문이다. 비니엄 홍이 한국에 있었다면 빠른 통신 서비스로 대답이 왔을 텐데 아프리카에서는 그런 대답이 쉽지 않으니 말이다. 이렇듯 한국에 있기보다는 직접 커피 생산지에서 힘쓰고 있는 비니엄 홍의 노력으로, 커피를 공부하는 사람들이 직접 생산지에서 교육을 받을 수 있는 기회가 늘어나면 좋겠다. 국내에서 이루어지는 교육을 통해 커피의 전문성을 인정받는 것도 좋지만, '커피'가 세계적인 음료인 만큼 글로벌적인 사고와 시각을 갖는 것도 좋은 경험과

인도네시아 발리 커피
농장 방문

교육이기 때문이다.

　나는 미국 포틀랜드의 ABC커피스쿨에서 바리스타 자격을 취득하였다. 2011년 12월 미국의 6개 도시를 돌며 커피탐방을 하였는데, 탐방 중 포틀랜드에 위치하고 있는 'The American Barista & Coffee School'에서 커피교육을 받은 것이다. 전문적으로 바리스타를 업으로 삼고자 한 것은 아니지만, 커피를 제대로 배워 스스로에게 인정받고 싶었다. 나는 언제나 아이디어 탐방을 계획할 때 탐방의 주제와 콘셉트를 정한다. 단순한 여행이나 휴가로 보내버릴 수 있는 시간을 아이디어를 위한 시간으로 좀 더 효과적으로 활용하기 위해서이다. 이는 내가 평소 아이디어를 얻을 수 있는 방법으로 이야기하곤 하는데, 커피에 대한 관심을 가지게 되면서부터는 '커피'

를 콘셉트로 한 아이디어 탐방을 주로 하였다. 지방에 위치한 작은 규모의 커피전문점들을 방문하는 것도 나의 커피탐방이 될 뿐 아니라 발리의 커피농장을 방문하는 것 또한 나만의 커피탐방이었다. 이렇듯 커피에 대한 관심은 내가 세계적으로 커피탐방을 하게 하는 원동력이 되었다. 이러한 커피탐방을 통해 나는 미국 'COE Cup of Excellence' 프로그램을 만든 수지 스핀들러 Susie Spindler와도 만날 수 있었다.

수지 스핀들러는 대학 졸업 후 광고회사에서 마케팅 업무를 하다 1990년대 초 유엔 산하 단체 중 하나인 국제커피협회에서 주관한 공정무역 프로젝트에 5년간 참여하면서 커피업계에 뛰어든 인물로 커피 원두 감별에 있어 여성 최고수로 불린다. 그녀는 아무리 좋은 커피를 만들어도 제대로 된 보상을 받지 못하는 커피 농가들에게 금전적 보상이 이루어질 수 있도록 하기 위해 COE를 설립하였다. 스핀들러는 2012년 한국을 방문했었는데, 그녀는 한국 음식은 맛과 종류가 다양하여 그만큼 한국인들의 미각이 매우 발달했으며, 좋은 커피를 고르는 방법은 한국인들 스스로 혀 끝 감각을 믿는 것이라고 이야기하기도 했다.

COE Cup of Excellence, 컵 오브 엑셀런스는 1999년 설립된 비영리 단체 '미국스페셜티협회'와 함께 전 세계에서 가장 영향력을 인정받고 있는 비영리 국제커피기구로, ACE Alliance for Coffee

Excellence에서 운영하는 세계 최고의 커피 대회이자 옥션 프로그램이다. 미국스페셜티협회의 원두 평가와 평가섹션과 배점 방식 등에서 미묘한 차이는 있지만 스페셜티를 전제로 한 대회라는 공통점을 가지고 있다. 1999년경 브라질을 시초로 대부분 빈민국에 속하는 커피생산국의 경제활성화와 공정거래를 위해 시작되었으며 국제적인 커피 감별사Cupper와 NGO, 국제커피협회 등이 COE를 주도하였다. COE는 커피 생산자들에게 수익금의 약 80% 이상이 돌아가게 하는 시스템이라는 점에 큰 의미가 있다.

COE에서는 매년 전 세계 커피농장에서 출품한 커피 원두를 심사, 최고의 커피를 가린다. 브라질, 콜롬비아, 코스타리카 등 각국의 커피농장에서 그 해 수확한 최고의 커피들을 출품하면 국제 심사위원들이 5차례 이상의 엄격한 심사를 통해 최고 커피를 선정하여 'COE'라는 칭호를 부여한다. 좀 더 구체적으로 설명하면, 20여 명의 심사위원들이 한 사람당 8,000잔 이상의 커피를 맛보며 향과 맛이 우수한 커피를 선정하는 과정을 거친다. 이렇게 선정된 COE커피는, 전 세계에서 매년 생산되는 커피 양을 1억 자루라고 했을 때 채 60자루가 되지 않는 양이다. 또한 COE커피로 선정된 커피는 옥션을 통해 판매된다. 2016년에는 과테말라의 '칼리버스 라 시에라'가 선정되었는데, 국내에서는 루소랩에서 100g에 29,000원의 가격으로 판매하고 있다.

수지 스핀들러와 공동으로 COE 프로그램을 만든 멤버로 조지 하웰George Howell이 있다. 1세대 커피인이라고 칭송받기도 하는 조지 하웰은 스타벅스의 대표적인 인기메뉴 '프라푸치노Frappuccino'를 개발한 '커피 커넥션The Coffee Connection'의 경영자이기도 하다. 현존하는 커피인 중에 가장 타고난 테이스터Taster로 활동하고 있는 조지 하웰은 커피에 대해 끊임없이 연구하고 공부하는 모습을 보여준다. 후일에라도 내가 꼭 만나보고 싶은 사람이다.

내가 개인적으로 COE커피를 맛보게 된 것은 '커피리브레'의 서필훈 대표에게서 받은 선물 덕이었다. 좋은 커피라고 한번 마셔보라며 준 커피를 집으로 가져와 맛을 보곤 곧바로 서 대표에게 전화를 걸 정도로 깜짝 놀랄 맛이었다. 청담동에 위치한 커피전문점 루소랩Lusso Lab도 COE커피를 맛볼 수 있는 곳인데, 개인적으로 루소랩을 방문할 때면 꼭 마시는 커피이기도 하다.

나는 커피의 열린 생태계에서 만난 사람들의 도움으로 커피에 대한 많은 경험을 할 수 있었다. 그리고 이러한 경험은 나에게 또 하나의 교육이 되고 있다. '교육'이라는 뜻을 가지고 있는 영어단어 education은 새로운 것에 대한 모험적인 성격을 내포하고 있다. 즉 경험이라는 것은 새로운 것을 얻어낼 수 있는 학습 방법이 되기도 하는 것이다. 나는 2011년 한국바리스타챔피언십 행사로 진행되었던 제1회 '마스터 오브 커핑' 대회에 참여한 적이 있다. 나는 '커피리브레'의 서필훈 대표에게 커핑 수업을 받는 도중에 정보를 얻어 대회에 참가하게 되었고, 비록 우승을 하지는 못했지만 커피를 좋아하는 한 사람으로서 좋은 추억을 만들 수 있었다. 그리고 이 일은 내가 커피를 공부하는 데 있어 좋은 경험이 되었고 공부가 되었다. 또 다른 커핑대회에도 참가한 적이 있었는데, 그때 개인적으로 좋아하는 커피인 케냐 캉구누Kenya AA Kangunu를 나 혼자만 맞추었다. 커피에 관심을 가지기 시작하면서 나는 커피에 대한 책을 닥치는 대로 읽고 다양한 커피 수업을 받으면서 자연스럽게 내가 좋아하는 커피와 함께 그에 대한 지식을 얻을 수 있었다. 그리고 이런 경험들은 내가 커피스트로 활동하는 데 큰 도움이 되고 있을 뿐만 아니라 새로운 인생을 살아가는 데에도 도움을 주고 있다.

이렇듯 교육이라는 것은 자신이 관심을 가지고 있는 분야에 대한 즐거움을 배가시켜 준다. 특히 커피교육은 단순히 커피를 업으로 하는 사람에게만 국한되어 있지 않다. 물론 전문가가 되기 위해서 필요한 교육은 따로 있지만 나와 같이 커피스트로서 커피를 즐기고 사랑하는 사람들은 자신이 즐길 수 있을 만큼의 공부를 하면 족하다.

우리나라에서는 조금만 주위를 둘러보면 자신이 원하는 시간에 원하는 분야를 선택하여 커피에 대한 교육을 받을 수 있는 여건이 충분히 갖춰져 있다. 중요한 것은 스스로 어떤 교육 프로그램을 선택하느냐이다. 그리고 교육 프로그램은 자격을 부여 받기 위한 프로그램의 수료뿐만 아니라 각자의 다양한 경험을 통한 지식의 습득도 포함한다. 책을 통해서도 좋고, 커피 전문가들과의 만남을 통해서도 좋고, 커피에 대해 공부하고자 한다면 그 방법은 무궁무진하다. 어쩌면 이 책을 읽고 있는 독자들은 이미 자신만의 커피 공부의 첫걸음을 내딛고 있는 것인지도 모르겠다.

6) C.O.F.F.E.E-Everywhere

커피를 마시고 싶다는 생각을 함과 동시에 커피를 마실 수 있는 데까지 걸리는 시간이 얼마나 될까? 그 장소가 집이든 회사든 길거리든 짧은 시간에 누구든 커피를 마실 수 있다. 게다가 도시라면 몇 분이면 충분하다. 그만큼 커피는 우리와 너무나 가까이 있고 모든 곳에 존재한다.

나는 커피의 이런 매력을 참으로 강하게 느끼는 사람이다. 커피스트로서의 삶을 살아가면서 커피를 통해 많은 사람들을 만날 수 있었고, 많은 곳을 갈 수 있었기 때문이다. 그리고 이 모든 이야기의 시작은 작은 커피콩으로부터 시작된다. 열매로는 먹을 수도 없는 이 작물은 강인함과 생존력, 그리고 확장성까지 가지고 있다. 이제 작은 커피콩과 얽힌 이야기들을 해보고자 한다.

커피가 있는 곳에서부터 이야기가 시작되다

커피에 있어 원산지는 중요한 요소이다. 나는 개인적으로 케냐 캉구누Kenya AA Kangunu 커피를 좋아한다.

캉구누 커피는 케냐의 캉구누 조합(1,240명의 농부들로 구성)에서 재배되는 커피로 격년 생산 주기에 따라 매년 3~5월, 10~12월 두 번에 걸쳐 수확하고, 최상의 산미와 클린컵을 위해 두 번으로 나누어 발효시킨 후 세척한다. 그 후 커피의 향미 증진을 위해 물에 담가두었다가 다시 두 단계의 건조 과정으로 넘어가는데, 두 번째 건조 단계를 통해 생두의 내부까지 균일하고 완벽하게 건조시키게 된다. 그리고 조합은 이런 전 과정을 잘 관리하여 커피 맛이 언제나 환상적이다. 앞에서도 이야기했지만, 커핑대회에서 나 혼자서만 캉구누 커피를 맞출 만큼 개인적으로 깊은 애착을 가지고 있다.

케냐는 커피 생산국 가운데 영향력이 있는 나라에 속한다. 19세기 후반 에티오피아를 통해 처음으로 커피를 도입하여 합리적인 재배, 가공, 판매 시스템과 국가 차원의 품질개발, 기술교육을 통해 아프리카를 대표하는 커피 생산국으로 인정받고 있다. 커피 농가는 단위협동조합으로 구성되어 있고, 정부 산하기관인 케냐커피이사회CBK; Coffee Board of Kenya에서 품종개발, 경작실습, 기술지도 등 적극적인 커피산업 정책을 지원하고 있다. 아울러 국가 차원의 커피산업 지원책으로 케냐커피수출입협회KCTA; Kenya Coffee Traders Association에서 주관하는 신뢰성 있는 경매 시스템을 가지고 있다. 이를 통해 라이선스license를 가진 딜러들이 경매 대상 커피의 샘플을 로스팅하여 감정 결과를 발표하고, 이를 바탕으로 옥션에 등록하여 높은 가격으로 거래하고 있다.

이렇게 정부 차원의 커피산업 진흥정책을 펼치고 있는 또 다른 곳으로 에티오피아를 들 수 있다. 아라비카 커피Arabica Coffee의 원산지로서 '커피의 고향'으로 알려져 있는 에티오피아는 아프리카 최대의 커피 생산국이다. 적도의 고지대에 위치하고 있어 천혜의 커피 재배 환경을 갖고 있지만, 열악한 자본과 낙후된 시설이라는 단점을 가지고 있었다. 그러나 정부 차원의 진흥정책을 통해 커피의 양과 질의 향상에 노력하고 있으며, 1999년에는 커피산업 담당 공무원이었던 타데세 메스켈라Tadesse Meskela's가 오로미아 커피농민협동조합Oromia Coffee Farmers Cooperative Union을 발족하였다. 이를 통해 유기농 재배와 공정무역의 국제인증을 받아 경쟁력 있는 가격으로 세계 각국에 커피를 직접 수출할 수 있게 되었다. 2006년에는 스타벅스와의 상표권 분쟁에서 승리하여 고급원두를 브랜드화하는 마케팅에 주력하고 있다.

에티오피아와 스타벅스 간의 상표권 분쟁은 '시다모Sidamo'라는 지역 이름이 들어간 커피를 팔아온 스타벅스가 에티오피아의 상표권 인정 요구를 거부하면서 비롯되었다. 에티오피아는 2003년 지적재산권기구를 만든 뒤 수출의 35%를 차지하는 커피의 명산지를 상표로 등록해 판로를 넓히고 소득을 늘리려고 애썼다. 이러한 노력으로 유럽과 일본, 캐나다에서는 부분적인 성과를 보았으나 스타벅스가 여기에 협조하지 않자 미국에서 상표권 다툼을 벌인 것이다. 스타벅스는 이들 커피의 이름이 법적 보호가 필요 없는 일반적 상품명이라고 주장했지만 결국은 에티오피아의 승리로 일단락되었고, 스타벅스는 이르카체프Yigarcheffe를 상표로 인정하고 이들 제품의 유통과 마케팅에 협력하기로 하였다. 이에 에티오피아는 커피를 통해 농민 소득을 끌어올려 국가적으로 큰 수입원을 만들 수 있게 되었다. 이렇듯 에티오피아는 전 국민의 97%의 삶이 커피로 시작하여 커피로 끝날 정도로 커피와 깊은 연관성을 가지고 있으며, 하고 있는 일도 커피 생산에서부터 판매까지 다양하다.

한국에서 케냐와 에티오피아의 원두로 만들어진 좋은 커피를 맛보는 것에 대해 당연하게 여길 수도 있지만 실은 엄청난 일임에 분명하다. 전 세계에서 커피나무가 자랄 수 있는 곳은 제한되어 있다. 세계 80여 개 나라에서 커피를 재배하지만, 이른바 '커피벨트Coffee Belt'인 북위 25도에서 남위 25도 사이에 있는 나라들이 토양, 강수량, 기온, 일조 조건 등에서 커피나무에 최상의 조건을 가진 곳이다. 이렇듯 일정한 곳에서만 재배할 수 있는 작물에 불과한 작은 콩, 원두가 전 세계 어디에서든 마실 수 있는 커피가 되는 것은 경이로운 일이기까지 하다. 때문에 커피 원산지는 그 자체만으로 커피를 선택하는 데 있어 품질을 신뢰할 수 있는 요건이 되고, 커피에 있어 원산지가 중요한 것이다.

나는 이러한 경이로운 일을 자신의 업으로 삼고 있는 커피 장인을 만날 수 있었는데, '커피헌터' 1호로 불리는 김은상 대표다. 한국인 최초의 커피 농장주라는 이력을 갖고 있는 그는 현재 '커피헌터'로 활동하며 고품질의 원두를 찾아내어 소비자들에게 공급하고자 생두Green Bean에 대해 전문적이고 체계적인 데이터와 프로세스를 구축해오고 있는 커피명인 중 한 사람이다. 커피헌터Coffee Hunter는 전 세계를 돌아다니며 좋은 커피를 찾고 이를 가려내어 소비자들에게 공급하는 역할을 하는 사람을 말한다. SBS 다큐멘터리 '커피헌터'를 통해 김은상 대표와 '커피헌터'에 대해 이미 알고 있는 사람들도 있을 것이다. 여하튼 '커피헌터'는 김 대표의 개인브랜드이자 동시에 그가 이끌어가고 있는 회사이기도 하다.

김은상 대표는 '커피'를 농작물이라고 이야기한다. 우리는 '원두'라는 재료를 재가공하여 만들어지는 것이 '커피'라고 일컫는데 비해 그는 커피가 곧 원두 그 자체이고, 원두라는 것은 생두를 가공하여 만들어지기 때문에 커피가 농작물이라는 논리를 펼친다. 그가 찾아낸 하와이안 코나Hawaiian Kona 커피가 세계 3대 커피로 꼽히는 이유도 여기에 있다. 세계 3대 커피로는 하와이안 코나 외에 '예멘 모카Yemen Mocha'와 '자메이카 블루 마운틴Jamaican Blue Mountain'을 들 수 있다.

'예멘 모카'는 예멘 최고의 커피로, '모카'라는 용어는 앞서 얘기했듯이 세계 최대의 무역항이던 모카에서 그 이름이 유래되었다. 예멘의 지형은 대부분 화산암으로 이루어져 있고, 이 때문에 미네랄이 풍부하다. 여기에 서리가 내리지 않는 적절한 안개 기후를 가지고 있어 커피를 재배하는 데 이상적이다. 예멘 모카는 대부분 소규모 농가 단위로 경작되며 최소한의 가지치기만 할 뿐 비료를 거의 주지 않아 유기농 커피Organic Coffee라고 할 수 있다. 3~4월, 10~12월에 수확한 커피를 전통적인 건식법(자연법, 커피를 수확하여 선별하고 햇볕에 건조하는 방법)을 이용하여 가공하는데, 대부분이 자연 경작되고 가공방식도 수작업으로 이루어지기 때문에 생두의 모양이 제각각으로 울퉁불퉁하다. 특히 예멘 모카는 빈센트 반 고흐Vincent van Gogh, 1853~1890, 네덜란드 후기 인상주의 작가가 좋아한 커피로도 유명하다. 고흐의 팬들이 "그와 소통하는 길은 마타리를 마시는 길밖에 없다"라고 할 정도인데, 마타리는 예멘 모카의 한 종류로 예멘의 베니 마타르 지역에서 생산되는 예멘 최고의 커피를 말한다. 달콤한 과일 향과 초콜릿 향, 부드러운 신맛이 나는 것이 특징이다.

'자메이카 블루 마운틴'은 카리브 해 북구 서인도 제도에 위치한 블루 마운틴 지역에서 소량 재배를 원칙으로 생산되는 커피이다. 특히 해발 2,000m 이상에서 재배되는 커피만 '블루 마운틴'이라고 이름할 수 있는데, 자메이카의 블루 산맥은

서늘한 기후와 빈번한 안개, 풍부한 강수량, 빗물이 잘 투과하는 질 좋은 토양을 가지고 있다. 8~9월에 수확하여 습식법으로 가공한다. 습식법은 커피 열매에서 씨앗인 생두를 추출하는 방법 중 하나로, 수확한 커피 열매를 수조에 담아 물에 뜨는 것을 제거한 다음, 기계를 통해 열매의 과육을 제거한다. 그 후 커피 자체가 가지고 있는 효소와 미생물을 통한 발효과정을 거쳐 생두를 얻는다. 블루 마운틴 지역에서는 이와 같은 모든 공정을 수작업으로 진행하고 있다. 특히 1950년에 설립된 자메이카 커피산업위원회의 철저한 감독 아래 생산하고 있는데, 특정 지역에서 생산된 커피만을 블루 마운틴으로 인정하도록 하는 법령까지 정할 정도이다. 또한 자메이카 블루 마운틴은 일반적으로 포대에 원두를 담아 수출하는 것과 달리 나무상자에 담아 수출함으로써 고급스럽게 보이도록 강조하고 있다. 영국의 엘리자베스 여왕이 즐겨 마시는 커피로 알려지면서 '커피의 황제'라는 칭호를 얻기도 하였다. 커피가 지니는 맛들을 골고루 지녀 완벽한 맛의 조화를 이루고 있는 것이 특징이다.

마지막으로는 커피 마니아들에게는 '꿈의 커피'로 불리는 '하와이안 코나' 커피다. 코나는 '바람이 불어오는 곳'이라는 하와이 원주민의 말이다. 김은상 대표의 말을 빌리자면 하와이는 커피에게 천혜의 자연조건을 갖추고 있는 곳이다. 하와이는 환태평양 사이에 위치해 고도가 적당하고 커피가 잘 자랄 수 있는 해양성 기후를 갖고 있는 데다가, 비도 커피체리가 형성되는 시기에 내리니 농작물로서 최고의 품질을 가질 수밖에 없다는 것이다. 그리고 이는 커피의 맛은 '원두'의 질로 결정된다는 말의 또 다른 표현이다.

커피시장이 발달함에 따라 소비자들의 입맛도 점차 까다로워지고 있다. 마케팅 측면에서 까다로운 입맛의 소비자들을 만족시키기 위해서 가장 우선시 되어야 하는 것은 혁신이다. 지금의 커피시장에서는 '소비자' 중심의 전방 혁신이 주를 이루고 있다. 화려하고 다양한 커피 메뉴들은 이러한 전방 혁신의 모습이다. 그러나 김은상 대표는 커피의 본질, 즉 생두에서부터 혁신을 꾀하고 있다. 직접 커피농장을 경영하고 있는 이유도 여기에 있다. UCC커피의 경우도 커피 원산지에 100ac(에이커, 약 404,685m²)에 달하는 커피농장을 운영하고 있다. 커피농장을 통한 이익을 바라는 것이 아니라 원산지 커피농장에서 원두의 품질개량에 대한 연구를 하기 위함이다.

김은상 대표도 이러한 커피의 과학화를 통한 후방 혁신이 꼭 필요하다고 말한다. 최근 '그린빈연구소'를 설립한 것도 같은 선상에 있다. 농장을 직접 운영하며 생두 연구를 통한 교종, 잡종으로 새로운 커피를 만들어 소비자들에게 공급하고자 하는 것이다. 커피 품질에 있어서 원산지가 차지하는 비율이

80%이고, 나머지 20%가 커피를 만들어내는 가공방법이 차지한다는 것이 그의 지론으로, 즉 커피의 맛과 향을 결정짓는 중요한 요인이 바로 원두의 품종과 가공방법에 있다고 한다. 이것이야말로 커피의 과학화인 것이다. 이러한 커피의 다양성과 프로세스를 정립하였을 때 최고의 커피를 만들어낼 수 있다는 것도 커피 과학화의 일면이다. 김은상 대표에게 있어 커피는 삶의 시작이고 알파요 오메가이며 삶의 끝이다. 즉, 커피헌터인 그에게 커피는 삶 자체인 것이다. 커피농장에서 커피로 시작하여 커피로 끝나는 그의 모든 일상이 커피와 맞물려 있기 때문이다.

커피를 자신의 인생과 같이 여기는 사람으로는 '창희커피'의 정창희 대표도 있다. 그는 스스로에게 있어 "커피가 무엇이냐"는 질문에 한 치의 망설임도 없이 "인생"이라고 답하였다. 물론 누구나 말은 쉽게 할 수 있다. 하지만 그간의 정 대표의 모습을 비추어봤을 때 나에겐 큰 의미로 다가왔다.

인생이라는 것은 누구에게나 주어져 있는 같은 '시간'이다. 시간에 얼마만큼 열정을 쏟고 사랑을 주느냐에 따라 각자의 인생은 달라지기 마련이다. 시간을 하찮게 생각하는 사람에게는 인생이 하찮을 수밖에 없는 것이고, 시간을 귀하게 여기는 사람에게는 인생이 귀할 수밖에 없다. 커피도 마찬가지다. 한 잔의 커피를 단순히 마시는 음료로 생각했을 때에는 그만큼의 맛과 향밖에 존재하지 않는다. 하지만 커피에 열정과 노력을 쏟아 부었을 때에는 세상에서 단 한 잔밖에 맛볼 수 없는 최상의 커피가 만들어지는 것이다. 커피에 있어서 뭐니 뭐니 해도 중요한 것은 맛이다. 아무리 분위기가 좋고 찻잔이 아름답다 할지라도 커피의 맛이 좋지 않다면 그야말로 무용지물이다. '창희커피'가 여느 다른 커피전문점들과 차별화를 두고 있는 점은 바로 이 부분이다.

정창희 대표는 커피사업을 시작하게 된 2008년부터 지금까지 맛이 좋은 커피를 판매하기 위해 노력하고 있다. 그 방법으로 로스팅에 힘을 싣고 끊임없이 노력하고 있는데, 이러한 노력들이 점차 좋은 결과를 보이고 있다. 커피를 만드는 사람에게는 수없이 계속해서 만들어내는 커피겠지만 이를 마시는 사람에게는 단 한 잔뿐인 커피이다. 이런 소비자의 감성과 입맛을 만족시키기 위해 노력하고 있는 정 대표는 그 시작을 원두에 둔다. 즉 최고의 원두를 통한 최고의 커피를 만들어내고자 하는 것이다. 아울러 자신의 생각과 노력에 대해 충분한 자신감을 가지고 있기도 하다. 그는 인생을 걸고 시작한 커피인 만큼, 자신의 이름에서 따온 '창희카페'를 통해 자신의 커피 인생을 만들어가고 있는 것이다.

작은 커피콩을 통해 새로운 가능성을 보다

커피헌터 김은상 대표와의 인연으로 나는 케네스 데이비즈 Kenneth Davids를 인터뷰할 수 있는 기회를 얻었다. 김 대표의 초청으로 케네스 데이비즈가 한국에서 강연을 하기 위해 방한 했을 때였는데, 해외출장으로 인해 직접 인터뷰할 수는 없었 지만 서면과 이메일을 통해 커피에 대한 많은 이야기를 나눌 수 있었다.

케네스 데이비즈는 미국의 커피 권위자로, 많은 사람들이 커피를 상업적인 측면에서 접근하는 데 반해 그는 순수하게 커피 자체를 연구하는 사람이다. 특히 'Coffeereivew.com'을 통해 '켄포인트Ken Point'라는 독자적인 시스템을 만들어 커피 의 풍미를 점수화한 최초의 인물이기도 하다. SCAA 폼도 이러 한 켄포인트에서 영향을 받았고, Q-Program 또한 영향을 받 았다고 할 정도로 큰 영향력을 지니고 있다. 커피콩, 즉 원두 에 대한 끊임없는 연구와 그 연구결과를 지속적으로 많은 사 람들에게 발표하는 것을 업으로 삼고 있는 케네스 데이비즈를 통해, 작은 커피콩이 얼마나 큰 확장성을 가지고 있는지 알 수 있었다.

다음은 그와 나누었던 당시의 서면 인터뷰 내용으로, 크게 5개의 리딩 키워드(Trip, CoffeeReview.com, Ken Point, South Korea, Coffee&Life)를 바탕으로 진행하였다.

Trip

이장우: 한국에서 커피전문가로 알려져 있다. 한국을 방문한 소감은 어떠한지, 또 한국을 방문하게 된 계기가 궁금하다.

케네스: 커피헌터 김은상 대표가 나를 초대해서 오게 되었는데, 한국의 새로운 커피 흐름에 관해서 매우 흥미가 있어서 초대에 응하였다.

이 한국에 와서 특별한 계획이 있나?

케 커피를 사랑하는 사람들을 만나고, 로스팅을 잘하는 곳과 특색 있는 카페들을 들려볼 계획이다. 더불어 〈커피리뷰〉에 대해 소개할 예정이다.

CoffeeReview.com

이 '커피리뷰사이트'를 만든 이유가 궁금하다.

케 첫 번째는 커피가 맛으로 최고의 가치를 인정받고 널리 알려지도록 돕기 위해서였다. 두 번째는 양질의 커피를 재배하는 농민들과 로스팅 회사들의 좋은 커피에 대해 명확한 기준과 평가측정을 통해 제대로 인정받을 수 있도록 하기 위해서였다. 마지막으로 세 번째는 소비자들에게 양질의 커피에 대해 교육하고, 올바른 선택을 할 수 있게 하기 위해서였다.

이 주로 어떤 사람들이 〈커피리뷰〉에 방문하며, 그 숫자는 어느 정도나 되나?

케 〈커피리뷰〉에 방문하는 사람은 주로 커피에 관심이 많은 개별 소비자들이다. 또한 커피전문가들도 자주 방문하는데, 그들은 우리 사이트에 방문해서 주로 소비자 동향 등에 대해 알아보고 간다. 1년에 약 90만 명 정도가 우리 사이트를 방문하며, 약 8만여 명의 회원이 뉴스레터를 받아 보고 있다.

Ken Point

이 커피콩에 점수를 부여하게 된 이유가 무엇인지 궁금하다.

케 ① 북미지역 소비자들은 오직 점수에 의해서만 승자와 패자를 구분한다. 그렇지 않으면 제품 설명에 대해서 더 이상 관심조차 주지 않는다. 백점 기준 척도표는 와인산업에서 이미 널리 알려져 있는 방법이다. 커피도 이와 같은 기준을 적용함으로써 커피도 와인과 같은 관심과 품위있는 미식으로의 가치를 인정받을 수 있도록 하기 위함이었다.

② 지금의 독자들은 인터넷의 영향으로 성급하기 때문에, 독자들에게 커피 품질의 차별화를 직접적이고 간결한 방식의 평가 점수로 전달하게 된 것이다.

③ 그러나 나는 〈커피리뷰〉 독자들이 커피평가 점수와 함께 나오는 설명을 동시에 읽는다고 믿는다. 커피평가 점수는 독자들의 흥미를 유발하며, 독자들은 커피가 높은 점수를 얻는 것을 자세히 알기 위해서 설명을 추가적으로 보게 된다. 더하

여 리뷰는 커피교육의 일부분일 뿐이다. 커피교육의 전체 프로그램은 매달의 리뷰를 보다 큰 맥락에서 소개하는 실질적 내용으로 구성되어 있다.

이 커피산업에 얼마나 영향을 줬다고 생각하는가? 혹은 커피콩 랭킹시스템이 시장에 얼마나 영향을 줬다고 생각하는가?

케 내 생각에 〈커피리뷰〉는 북미쪽의 커피산업에 선견지명식의 영향을 미쳤다고 생각한다. 커피를 발전시키는 모든 부분에서 〈커피리뷰〉는 영향을 주고 있다고 본다.

이 '켄포인트'에서는 어떤 콩(원두)에 높은 점수를 줬나?

케 우리의 웹사이트 커피리뷰에 가서 'Highest rated'로 검색하면 찾아볼 수 있다. 몇 년 전만 해도 케냐, 에티오피아, 과테말라, 엘살바도르 커피가 높은 점수를 받았다.

이 한국 회사들이나 로스터들이 켄포인트를 사용하는 특별한 규칙 같은 것이 있는가?

케 내가 한국 커피에 대해서 더 알고 난 다음에 제대로 말할 수 있을 것 같다.

South Korea

이 한국의 믹스커피에 대해 들어본 적이 있는가?

케 전혀 들은 적이 없다. 미안하다.

이 한국의 커피 열풍에 대해서는 어떻게 생각하는가?

케 커피는 미식평가와 연구를 위한 환상적이고 복잡한 주제이다. 나는 한국인들이 이러한 환상적인 커피의 세계에 잘 반응하고 있다고 생각한다.

Coffee & Life

이 당신에게 커피란 무엇인가?

케 관능적 기쁨과 무한한 즐거움을 주는 도구라고 생각한다.

이 어떻게 70년대 버클리에서 커피사업을 하게 되었나?

케 내가 학교에 있을 때였다. 뭐랄까, 지루하단 느낌이 들었고 사업을 해야겠다고 생각했다. 나는 커피를 사랑했고 커피사업을 하고 싶었다. 지금은 내가 커피사업을 한 것이 정말 잘한 일이라고 생각하고 있다.

이 특별히 좋아하는 원두가 있는가?

케 나는 미디엄에서 라이트하게 볶은 커피를 좋아한다. 어떤 원산지든 말이다.

이 커피산업에서 혁신은 무엇이라고 생각하는가?

케 ① 커피재배와 관련하여 — 한편으로는 커피재배 농가들에 의한 커피 고급화를 예상한다. 재배 농가들이 다양한 커피 품종을 개발하고, 커피체리 수확과 건조방식의 혁신을 통하여 자신들의 커피를 차별화해 가는 것이다. 다른 한편으로는 교배품종의 다양화와 기계화된 커피체리 수확을 통하여 일관된

187

커피 맛을 유지하는 것이다. 이 두 가지 트렌드는 동시에 발생할 것이며, 커피재배 농가들은 두 가지 중 한 가지를 선택하게 될 것이다.

② 커피로스팅과 관련하여 — 좀 더 라이트하거나 미디엄 로스팅 혹은 약한 다크 로스팅으로 갈 것 같다. 좀 더 세밀해지는 로스팅이 유행할 것이다.

③ 커피 부루잉과 관련하여 — 싱글서브 커피(한 잔의 커피)시장이 더 중요해지고, 손으로 추출하거나 캡슐 머신 또는 포드 방식의 기계들이 대량으로 사용될 것이다.

이 당신 인생에 있어서 커피가 가지는 의미는 무엇인가?

케 나에게 있어 커피는 ① 신나는 도구, ② 지식과 경험의 도구이자 더 발전된 신세계를 배우는 것, ③ 커피를 사랑하는 사람들 및 전문가들과의 멤버십이라고 생각한다.

이 더 하고 싶은 이야기가 있는가?

케 당신과 좋은 주제로 대화할 수 있어서 너무 감사하다.

비록 직접 얼굴을 마주 보고 이야기를 나누지는 못했지만 그가 보내온 답변을 보며 30년 이상의 경험을 바탕으로 한 진정성을 느낄 수 있었다. 어느 분야건 30년이라는 시간을 한 분야에 투자한다는 것은 그리 쉬운 일이 아니다. 특히나 커피를 사랑하는 한 사람으로서, 커피에만 30년이라는 시간을 걸어온 그의 열정에 박수를 보내고 싶다. 또한 자신에게 있어 커피는 지식과 경험의 도구이자 더 발전된 신세계를 배우는 것이라고 이야기한 부분은 내 생각과 일맥상통하는 부분이어서 더욱 반가운 마음이었다. 아울러 그가 커피를 통해 커피를 사랑하는 사람들과의 유대관계를 지속적으로 이어가고 싶다고 이야기 했듯, 한국의 커피 애호가들과 그의 인연이 좀 더 긴밀하게 이어지길 바란다. 이를 통해 국내의 커피를 사랑하는 사람들에게 커피에 대한 다양한 이야기들이 전해질 수 있다면 더할 나위 없이 좋은 일이겠다.

커피를 통해 모험을 하다

커피와 관련하여 수많은 사람들을 만나고 이야기를 나누면서 그들의 커피에 대한 열정에 놀랄 때가 한두 번이 아니었다. '커피'에 대한 자부심과 열정으로 국내뿐만 아니라 전 세계로 자신의 영역을 펼쳐가고 있는 사람들을 보면 함께 가슴이 뛰고 그들의 열정에 자연스럽게 응원을 하게 된다. 모두들 자신이 좋아하는 '커피'라는 이유로 모험을 두려워하지 않는 모습이었다. 그중에서도 나는 '커피여행'으로 자신의 삶을 살고 있는 커피모험가를 한 명 소개하고자 한다. 이 커피모험가는 특히나 스타벅스를 너무나 좋아한다.

스타벅스는 1971년 미국 워싱턴 주 시애틀에서 문을 열었으며, 현재 세계에서 가장 큰 다국적 커피전문점이다. 우리나라만 하더라도 2017년 3월 기준으로 전국에 1,031개의 매장을 운영하고 있다. 스타벅스 하면 대부분 하워드 슐츠Howard Schultz를 떠올리기 마련이지만, 스타벅스의 창업 멤버인 제리 볼드윈Jerry Baldwin을 빼놓고는 스타벅스를 이야기할 수 없다. 스타벅스는 당시 영어 교사였던 제리 볼드윈과 역사 교사였던 제브 시글Jev Siegl, 작가였던 고든 바우커Gordon Bowker가 개인적으로 친분이 있던 고급커피 판매업자 알프레드 피트Alfred Peet로부터 영감을 얻어 커피원두 판매업을 하면서 시작되었다. 처음에 스타벅스는 커피원두만을 판매하는 회사였다. 당시 제리 볼드윈은 특히 원두만을 판매하는 것이 스타벅스의 주 판매전략이라고 주장한 인물이다. 그 후 1982년 스타벅스의 영업·마케팅 이사로 취임한 하워드 슐츠가 이탈리아 밀라노 여행에서 영감을 얻어 에스프레소와 커피음료를 판매하게 되면서 지금의 모습이 되었다. 하지만 처음부터 하워드 슐츠의 의견이 받아들여진 것은 아니다. 특히나 반대의견을 내놓았던 사람은 제리 볼드윈이었다. 원두에 초점을 두고 있었던 제리 볼드윈은 1984년 당시 4개의 매장을 가지고 있던 알프레드 피트의 커피전문점 피츠를 인수한 바 있다. 현재 제리 볼드윈은 재미있게도 와인 소믈리에로 활동하고 있다. 하지만 내가 여기서 스타벅스를 화두로 내세운 것은 하워드 슐츠나 제리 볼드윈에 대한 이야기를 하고자 함이 아니다.

내가 주목하는 사람은 스타벅스를 너무나 좋아해서 전 세계 스타벅스 매장을 모두 둘러보는 것을 목표로 하고 있는 존 윈터 스미스John Winter Smith이다. 미국 텍사스 휴스턴 출신의 컴퓨터 프로그래머였던 그는 1997년부터 전 세계에 있는 스타벅스 매장을 탐방하기 시작하여, 미국과 캐나다에 있는 10,750개의 매장과 그 밖의 나라에 있는 3,005개의 스타벅스 매장을 방문하였다. 미국과 캐나다에 있는 스타벅스 매장은 99.5% 가량을 방문했을 정도다. 2011년에는 한국에도 방문한 바 있는데, 이런 그의 모습은 방송매체를 통해 소개되기도 하였다. 그 프로그램에서 흥미롭게 본 장면은 강남역 일대에 밀집되어 있는 스타벅스 매장을 보고 놀라던 그의 모습이었다.

이렇듯 스타버킹Starbucking으로 불리는 커피탐방을 하고 있는 그는 스타벅스의 홍보직원도 아니고, 전 세계 매장을 둘러보는 데 있어 스타벅스의 공식적인 지원을 받지도 않는다. 그저 자신이 원해서 전 세계 스타벅스 매장을 방문하고 있는 것이다. 윈터는 이런 전세계 스타벅스를 모두 방문해보겠다는 모험을 통해 성취감을 느끼는 것으로 만족한다고 하였다. 지금도 프리랜서로 자신의 일을 하면서 번 돈으로 계속해서 전 세계 스타벅스 매장을 방문하고 있다. 그리고 이러한 여정을 힘닿을 때까지 계속하고 싶다는 것이 그의 삶의 목표이다.

이렇게 아무런 보상도 원하지 않을 뿐더러 무모해 보이기까지 하는 일을 계속하게 하는 원동력은 과연 무엇일까? 나는 이것이야말로 커피가 가진 알 수 없는 매력이라고 생각한다. 항간에서는 그가 스타벅스라는 브랜드에 빠져 단순히 튀고 싶은 마음으로 벌이는 괴짜행동이라고 말하기도 하지만, 나는 그렇게 생각하지 않는다. 커피가 중독성을 가지고 있는 음료인 점은 부정할 수 없는 부분이긴 하지만, 윈터는 '커피'가 가지고 있는 또 다른 매력에 빠져 있는 것이다. 앞서 이야기했듯이, 작은 커피콩이 한 잔의 커피로 만들어지기까지 수많은 이야기를 가지게 되고, 그 속에서 수없이 많은 감성적인 경험을 할 수 있게 한다. 그는 자신의 인생에서 가장 좋아하는 것이 무엇인지 누구보다 확실하게 깨닫고, 이를 위해 자신의 인생을 계획하고 살아가고 있는 것이다.

우리는 자신이 좋아하는 일에 대해 어디까지 몰입할 수 있을까? 대부분의 사람들은, 자신이 하고 싶은 대로 하고 산다면 통상적으로 이야기하는 인생의 성공을 얻을 수 없을 것이라, 지레 겁을 먹고 그것을 실천으로 옮기지 못한다. 지금 이 시대를 살고 있는 사람들에게는 윈터 같은 모험이 그저 무모한 도전이고 허황된 삶으로만 비추어지는 것이 너무나 안타깝다. 비록 윈터처럼 자신의 인생을 전부 걸어 자신이 좋아하는 것에 올인할 수는 없다 하더라도, 나는 독자들이 자신이 좋아하는 것이 무엇인지 다시금 생각해보고 이에 대한 열정을 가지길 바란다.

내가 처음 커피에 도전한다고 했을 때에도 주변에서는 우려의 반응들이 많았다. 젊은 사람들이 넘쳐나는 커피세계에서 늦은 나이에 시작하는 것이 과연 경쟁력이 있겠느냐는 것이었다. 하지만 나는 커피라는 모험에 몸을 던졌다. 그리고 이런 결정은 젊은 친구들과의 경쟁에서 이겨내겠다는 것도 아니었고, 새롭게 사업을 시작하겠다는 것도 아니었다. 그저 지금 내가 가장 좋아하고 관심을 가지고 있는 커피에 대해 좀 더 알고 싶고 즐기고 싶다는 생각으로 모험을 시작한 것이다. 아울러 이탈리아어를 배우며 다시금 커피의 본고장을 방문할 수 있었던 것도 나에게는 새로운 모험이자 도전이었다.

앞서 말했듯이, 내가 커피에 집중하게 된 계기는 이탈리아어를 배우며 '에스프레소'라는 단어를 재발견했기 때문이다. 재미있는 것은, 이탈리아어를 배우며 커피에 관심을 갖게 되었고, 커피를 좀 더 깊게 이해하고 싶어 원서를 찾아 읽고 이탈리아를 방문하면서 나의 이탈리아어 실력이 더 좋아졌다는 점이다. 무엇이든 좋아하는 것이 있다면 이를 위해 스스로 할 수 있는 길은 어디에든 있다. 지금이라도 늦지 않았으니, 독자들도 자신의 인생에서 새로운 모험을 즐길 수 있는 그 무언가를 찾아보길 바란다.

Coffee+Talk

커피는 처음부터 지금의 모습을 하고 있지는 않았다. 커피의 기원과 관련하여 칼디Kaldi, 오마르Omar, 마호메트 등 여러 가지 설이 있지만, 공통점은 커피는 처음부터 사람이 먹지는 않았다는 점이다.

많은 사람들이 익히 알고 있는 칼디 설을 보자. 양치기 소년 칼디는 어느 날 자신의 염소들이 어떤 나무의 붉은 열매를 먹고 흥분하며 날뛰는 것을 보았다. 이것을 보고 그도 그 열매를 따서 맛을 보았다. 곧 기분이 좋아지고 몸이 가벼워지는 것이 신기해 수도승에게 이 이야기를 전하였고, 이러한 커피의 효능을 수도원에서 수행할 때 이용하기 시작하면서 지금의 커피에 이르게 되었다고 한다.

또 다른 설인 오마르 설에 따르면, 예멘에서 머물던 오마르가 추문으로 모카 근처 사막으로 추방을 당했는데, 그때 화려한 깃털을 가진 새가 있던 자리의 빨간 열매를 물에 끓여 마셨던 것이 커피의 시작이라고 한다.

마호메트 설도 마호메트가 졸음의 고통을 이기려고 애쓸 때

천사 가브리엘이 나타나 세상에 알려지지 않은 비밀의 약을 주었는데 그것이 커피였다는 설이다.

이렇듯 우연한 기회로 맛보게 된 커피 열매가 지금의 형태에 이르게 된 것이다. 즉 그저 붉은 열매에 불과했던 커피가 '불'이나 '물'이라는 또 다른 속성과 결합하여 새로운 모습이 된 것이다. 이러한 커피의 변화는 현재까지도 계속되는 진행형이다.

앞서 이야기했던 것처럼 커피는 새로운 매개체로의 연결고리가 되었고, 퓨전을 통한 변화를 넘어 끊임없이 진화해 가고 있다. 흔히들 "와인 한 잔에 인생이 담긴다"라는 표현을 하곤 한다. 그렇다면 커피 한 잔에는 무엇이 담길까? 나는 인생을 넘어 세상이 담긴다고 생각한다. 우리가 마시는 커피 한 잔에는 그 전까지는 알지 못했던 세계가 있고, 그 세계에 대해 알아가는 것이야말로 진정으로 커피를 음미하는 자세일 것이다. 하지만 나는 사람들이 단순히 커피를 마시며 또 다른 세계를 알아가는 것에서 그치지 말고, 보고 느끼며 교감하고 소통하는 과정으로 커피를 대해주기를 바란다.

　이러한 일환으로 시작한 것이 커피토크Coffee+Talk 강의였다. 커피와 관련된 수많은 전문가들을 만나 이야기를 나눌 수 있게 된 것도 그 시작점은 커피토크였다. 2011년 광화문에서 열렸던 최초의 커피토크는 당시 〈포커스〉 신문의 박영순 국장이 처음 제안하여 시작한 것이다. 재미있는 점은 이후 박영순 국장도 커피에 완전히 빠져 이제는 경민대 평생교육원에서 커피를 가르치고 있다. 아울러 커피 비평가협회를 운영하고 있는데, 그때부터 이어진 인연으로 나는 고문직을 맡고 있다. 이렇듯 커피토크의 주된 목적은 단순히 커피에 얽힌 이야기들을 들려주기보다는 그 속에 담긴 이야기들을 바탕으로 새로운 세상에 눈을 뜰 수 있는 기회를 만들어주고자 함이었다. 박영순 국장이 커피에 빠져 새로운 삶을 살고 있는 것처럼 말이다.

　최근 들어 커피에 대한 사람들의 관심이 높아지면서 앞서 교육Education에서 다루었듯 수많은 강좌들이 생겨나고 '커피토크'라는 같은 제목으로 진행되는 강의들도 늘어나고 있다. 그래서 나 이장우의 커피토크는 'Coffee+Talk'로 표기한다. 이것은 나만의 독창적인 시각으로 커피에 대한 이야기를 나눈다는, 강의의 차별성을 강조하기 위함이다. 이러한 커피토크 Coffee+Talk를 3F와 관련하여 풀어보고자 한다.

　미래학자 존 나이스비트John Naisbitt는 그의 저서 『메가트렌드Megatrends』를 통해 21세기는 3F의 시대로 대변할 수 있다고 하였다. 3F는 Fiction상상력, Female여성성, Feeling감성으로, 미래사회에서 경쟁력을 갖기 위해서는 이 세 가지 요소를 두루 갖추고 있어야 한다는 것이다. 커피에 대한 이야기를 이처럼 3F를 통해 풀어내는 것은, 사람들이 '커피'라는 것에 국한되지 않고 커피를 통해 자신만의 새로운 시각과 사고를 가지고 경쟁력을 만들어내기를 바라는 마음에서이다.

1) 3F–Fiction

'Fiction'은 '소설, 허구'라는 의미를 가지고 있지만 그 밑으로는 'Story'라는 성격을 가지고 있다. 커피에 대한 'Fiction', 'Story'는 무궁무진하다. 긴 역사를 가지고 있는 만큼 관련된 이야기도 많고, 사람들 속에 존재하기 때문에 이와 관련된 이야기도 각양각색이다.

수도사? 커피?

우유를 섞은 커피에 기호에 따라 계피가루나 초콜릿가루를 뿌려 먹는 이탈리아식 커피 카푸치노Cappuccino는 오스트리아 합스부르크 왕가Habsburg Haus에서 처음 만들어 먹기 시작하여, 제2차 세계대전이 끝난 후 에스프레소 머신의 발달과 더불어 전 세계로 퍼져나갔다. 처음 카푸치노를 만들어 먹을 때에는 계피가루나 초콜릿가루를 뿌리지 않았는데, 지금에 이르러서는 레몬이나 오렌지의 껍질을 갈아서 얹기도 한다. 카푸치노를 제대로 즐기기 위해서는 에스프레소와 우유, 그리고 우유거품의 비율이 맞아야 하는데, 거품의 두께가 1cm 이상 되어야 좋은 품질의 카푸치노라 할 수 있다.

이렇게 우유거품이 특징적인 카푸치노는, 진한 갈색의 커피 위에 우유거품을 얹은 모양이 이탈리아 프란체스코의 카푸친 수도회 수도사들이 머리를 감추기 위해 쓴 두건을 닮았다고 하여 이름 붙여졌다는 설이 있다. 달리 카푸친 수도회 수도사들이 입었던 옷이 우유와 섞인 커피의 색과 비슷하여 이렇게 불렸다고도 한다. 다른 하나는 카푸친Capuchin의 어원인 'hood', 즉 모자(두건)라는 뜻을 지닌 이탈리아어 'cappuccio'에서 비롯되어서 후두hood처럼 우유거품이 커피를 덮은 모양에서 자연스럽게 이름 붙여졌다는 설이다.

이탈리아어 사전에서 'cappuccino'를 찾아보면 '프란체스코파의 수도사'라는 의미와 '커피의 이름' 두 가지로 풀이된다. 시작이야 어찌됐든 지금의 카푸치노는 많은 사람들의 사랑을 받고 있는 커피 메뉴 중 하나이다. 나도 에스프레소의 매력에 빠지기 전에는 카푸치노를 즐겨 마셨는데, 우유와 커피의 부드러운 맛이 좋았고 카푸치노가 가진 멋이 좋았기 때문이다.

사람들은 자신이 좋아하는 커피 메뉴가 하나씩은 있을 것이다. 커피전문점에서 습관처럼 시키는 그 메뉴에 대한 이야기를 알고 마신다면 커피의 맛이 배가되지 않을까.

세례식과 장례식

커피는 역사 속에서 환대와 핍박을 모두 겪어낸 불굴의 음료이다. 아프리카대륙의 에티오피아에서 시작된 커피는 이슬람 문화권을 중심으로 퍼져 나갔다. 그 당시 이슬람 문화권은 기독교 문화권과 대립 관계였고 무력 충돌도 잦았다. 이슬람 문화권 내에 있었던 커피는 밀무역을 통해 유럽으로 수입되어 예술가들을 중심으로 점차 퍼져 나갔다. 아울러 이슬람 세력과 전쟁을 해오던 기독교 세력들의 영토 점령을 통해 유럽으로 자연스럽게 흘러 들어갔다.

르네상스시대 사람들은 정신을 속박하는 권위, 종교에서 벗어나고자 하는 마음으로 커피를 반겼고, 커피를 마시는 것이 금단의 선악과를 따먹는 하와가 된 듯한 느낌을 갖게 하여 더 많은 사람들에게 전파되었다. 교회의 지도자들은 커피를 '이교도의 음료', '악마의 음료'로 배척하였고, 교황에게 커피를 가져가 커피의 음용을 금지해달라는 탄원을 하기에 이른다. 하지만 당시 교황이던 클레멘트 8세Pope Clement Ⅲ는 처음으로 커피를 마셔본 후 의외의 판결을 내렸다. '악마의 음료라는 것이 이렇게 향기롭고 맛있는가? 이런 훌륭한 음료를 이교도들만이 마신다니 참으로 애석한 일이로다. 내가 커피에 세례를 줄 터이니 앞으로는 모든 기독교인이 편하게 마실지어다.' 1609년, 그렇게 커피는 '기독교인의 음료'로 세례를 받았다. 이를 시작으로 커피는 더욱 급속히 퍼져 1645년에는 베네치아에 유럽 최초의 커피하우스가 생겼고, 이후 유럽의 커피문화는 크게 발전할 수 있었다.

하지만 커피가 이렇게 환대만을 받았던 것은 아니다. 1794

년 8월 1일 스웨덴의 스톡홀름Stockholm에서는 장례식을 치르게 된다. 당시 스웨덴에서 커피는 사치품에 속했고, 청교도혁명이 일어나며 사회변혁이 이루어지자 결국엔 커피 금지령까지 반포되었다. 이에 커피를 즐기던 귀족들을 중심으로 정부의 커피금지령에 반발하는 이벤트를 계획하게 되었다. 이것이 바로 '커피 장례식'이다. 실제로 귀족들은 검은 상복을 입고 커피 주전자를 깨뜨리는 의식을 행하며 커피의 '죽음'에 대해 슬퍼하였다. 이러한 장례식은 전국적으로 애도의 물결을 이뤘고, 상복을 입은 사람들은 장송곡까지 틀며 커피에 대한 애정을 표현하였다. 하지만 정부는 요지부동이었다. 자연스럽게 사람들은 술에 의존하기 시작하였고, 술에 의한 폐해가 사회 문제로 대두되자 스웨덴 정부는 1855년 커피금지령을 해제하고 양조금지령을 반포하였다. 이후 스웨덴은 세계 최고의 커피 소비국으로 자리매김하였고, 현재도 세계적으로 높은 커피 소비율을 보이는 국가 중 하나이다.

지금도 커피는 사회적으로 큰 이슈가 되곤 한다. 종종 커피가 '해롭다, 혹은 이롭다'라는 의견이 분분한 기사를 볼 수 있는가 하면, 가히 커피공화국이라고도 말해지는 한국 사회에서 다양한 브랜드들의 커피 전쟁이 벌어지고 있다. 과연 '커피'의 어떤 매력이 이토록 사람들을 매혹하는 것일까?

죽음을 담보로 한 커피 실험

커피에 관한 흥미로운 이야기 중에는 커피와 차의 유해성을 알아보기 위해 사람을 대상으로 실험을 한 스웨덴 국왕 구스타프 3세Gustav III, 1746~1792의 '커피 실험'이 있다. 구스타프 3세는 절대주의 체제의 계몽 전제 군주로 불리며 많은 업적을 세운 국왕이다. 18세기 유럽은 커피를 마시는 사람들이 점차적으로 늘어나고 커피하우스의 비중 또한 늘어나는 시대였고, 스웨덴도 이와 다르지 않았다. 하지만 스웨덴은 유럽의 다른 나라들에 비해 점령하고 있는 식민지가 많지 않아 커피를 풍부하게 공급받을 수 없었다. 아울러 커피 애호가들과 커피 유해론자들의 마찰이 끊이지 않았다. 특히 커피 유해론자들은 커피를 장기간 마시면 죽을 수 있다는 주장을 내세우며 커피의 유해성에 대해 강력하게 주장하였다. 이런 상황에서 구프타프 3세는 커피의 인기에 비해 원활하지 못한 공급으로 가격이 치솟는 상황이 반복되면서 무역수지의 불균형이 지속되는 것을 해소할 수 있는 방법을 생각해냈다. 이것이 바로 구스타프 3세의 '커피 실험'이다.

이 실험은 커피 유해론자들의 의견처럼 커피의 유해성이 밝혀진다면 국민들이 커피를 마시지 않게 되어 그에 따른 커피 무역의 비용을 줄일 수 있을 것이라는 생각 하에 두 명의 사형수를 대상으로 행하였다. 실험 후 사면을 약속 받은 사형수들은 인체실험에 대한 두려움보다는 사면 받을 수 있다는 기대감으로 당연히 실험에 응하였다. 그렇게 시작된 실험은 두 명의 사형수 중 한 사람에게는 매일 두 잔의 커피를 마시게 하고 다른 한 사람에게는 차를 마시도록 한 뒤 전담 의사가 매일 매일 건강 변화를 확인하는 방식으로 진행되었다. 하지만 이 무모하고도 엉뚱하기까지 한 실험은 구스타프 3세가 원하는 방향으로 진행되지 않았다. 매일 두 실험자를 관찰하던 의사가 먼저 사망하면서 실험은 지지부진하게 진행되었고, 1792년 구스타프 3세가 가면무도회에서 암살을 당했기 때문이다. 하지만 오랜 시간이 지난 후 차를 마셨던 실험자가 83세의 나이로 먼저 세상을 떠나면서 결과는 '커피'의 승리로 돌아갔다.

어찌 되었건 이 실험이 끝난 후 스웨덴 사람들은 마음 편하게 커피를 즐길 수 있게 되었고 스웨덴의 커피 소비는 급격하게 늘어나게 되었다. 이 일화가 현대에 와서도 관심을 끄는 이유는 커피의 유해성이 아직까지도 크게 이슈화되고 있기 때문이 아닐까? 언론 기사를 보더라도 한쪽에서는 커피의 유해성과 관련된 기사들을 싣고, 다른 한쪽에서는 커피를 마시는 것이 오히려 건강에도 좋다는 기사를 싣고 있다. 여기서, 구스타프 3세의 실험 결과만을 가지고 커피가 유해하지 않다고 하는 것이 옳은 것일까. 내 생각은 조금 다르다. 무엇이든 과하면 좋지 못한 법이다. 아무리 몸에 좋은 것이라 하더라도 과도 한 양을 섭취하면 오히려 독이 되고 만다. 구스타프 3세가 커피의 유해성을 검증하기 위해 실험을 했다면, 현대에 들어서는 커피가 장수에 독이 될지 득이 될지에 대해 연구 조사한 결과도 있다.

미국 국립암연구소NCI와 국립보건원NIH에서는 1995년부터 2008년까지 51세에서 70세에 이르는 남성 23만여 명과 여성 17만여 명을 대상으로 연구를 진행했는데, 하루 최대 7잔까지 커피를 마시는 사람들을 살펴본 결과 4잔까지는 장수에 도움이 된다는 결과가 나왔다. 즉 적당량을 즐기는 것이 좋다는 뜻이다. 이렇게 보았을 때, 자신만의 시간을 가지기 위해, 혹은 좋은 사람들과의 만남을 위해 마시는 적당량의 커피는 결코 유해하지 않은 것이다.

2) 3F—Female

3F의 두 번째 요소는 Female^{여성성}이다. 이는 여성들이 미래사회를 주도해 간다는 의미보다는 '여성성'이 중요한 경쟁력이 된다는 의미이다. 이미 패션업계에서는 이러한 경향이 두드러지게 나타나는데, 메트로섹슈얼^{Metrosexual}이라 하여 패션과 외모에 많은 관심을 보이는 남성을 일컫는 용어를 쉽게 접할 수 있다. 또한 최근에는 그루밍족(Grooming族, 외모를 가꾸는 데 금전적 투자나 노력을 아끼지 않는 남성)도 늘어나면서 패션뿐 아니라 전체 소비시장에서 새로운 바람을 불러일으키고 있다. 다만 여기서 말하는 여성성은 단지 외모를 꾸미는 것에만 국한되지 않고 여성들이 가지고 있는 섬세함, 감수성 등의 특징을 새로운 경쟁력으로 삼는 것이다.

커피에도 이런 여성성을 살펴볼 수 있는 부분이 많이 있다. 흔히들 커피는 남성적인 음료로, 차(茶)는 여성적인 음료로 구분한다. 역사적으로도 커피를 처음 즐기던 사람들은 남성이었기 때문이다. 하지만 이런 커피에도 여성성이 더해지면서 커피의 발전을 가져온 예들이 있다.

차별과 된장녀

커피와 여성에 대한 이야기를 하자면 우리나라의 '된장녀'를 빼놓을 수 없다. 한때 크게 이슈가 되면서 여성비하로까지 문제가 확대되었던 신조어이다. 한 끼 밥값에 비해 높은 가격의 커피를 즐기는 여성들에 대한 일부 남성들의 부정적인 인식이 응축된 용어이다. 스타벅스 커피에 빠진 20, 30대 여성들의 소비활동에 대해 조롱하는 의미가 담긴 표현에서 그 의미가 확장되어, 공감할 수 없는 소비행태를 보이는 여성들을 통틀어 일컫는 표현이 되었다.

지금은 커피문화의 확산으로 인해 커피를 마시며 걸어 다니는 사람들의 모습이 일상적인 것이 되었지만, 불과 몇 년 전에만 해도 이해할 수 없는 모습으로 치부되었던 것이다. 그런데 위와 같은 상황은 아니지만, 커피에 대한 여성의 차별은 역사 속에서도 찾아볼 수 있다. 여성들은 이에 대해 적극적으로 행동하며 정부에 탄원서를 내기도 하였는데, 1674년 영국의 여성들이 제출했던 〈커피에 반대하는 여성들의 탄원서: 남자들의 부부생활의 활기를 빼앗고 남성 불임의 원인이 되는 독주를 과도하게 섭취함에 따라 여성들이 겪게 된 엄청난 고충에 대해 국민 여러분의 이해를 호소함〉이다. 영국 여성들은 이와 함께 커피를 규탄하는 일까지도 진행하였다.

당시 영국에서는 여성들의 커피하우스 출입을 허용하지 않았다. 커피하우스는 남성들만의 전유물로서 남성들이 함께 모여 커피를 마시며 신문을 읽거나 이야기를 나누는 공간이었다. 자연히 여성들은 밤에 독수공방하는 시간이 부쩍 늘어나게 되자 그 불만이 쌓여 이와 같은 탄원서까지 제출하게 되었던 것이다.

여성들은 '커피는 남자들의 생식능력을 떨어뜨려 남자들을 마치 원래 몹쓸 열매가 자라던 불모의 땅처럼 만들고 있으며, 커피가 영국에 들어온 다음부터 남자들 사이에서 선조들이 물려준 강력한 기상은 찾아보기 어렵게 되었고, 마치 원숭이나 돼지와 같은 족속으로 퇴화하고 말았다'라며 불만을 토해냈다. 하지만 남성들도 그저 지켜보기만 하지는 않았다. 영국 남성들은 이에 맞서 〈커피에 반대하는 여성들의 탄원에 대한 남성들의 반박문: 최근 낯 뜨거운 팸플릿을 통해 영국 남성들을 향한 가당치도 않은 중상모략이 자행됨에 따라 이에 맞서 우리의 음료 커피의 결백을 주장함〉을 발표하였다. 재미있는 점은 영국 남성들의 탄원서에서도 '커피'를 자신들의 음료라고 칭하며 끝까지 여성을 차별화하고 있다는 사실이다. 하지만 결국은 여성들의 탄원이 받아들여졌고 여성들도 자연스럽게 커피하우스를 드나들 수 있게 되었다. 영국의 차문화가 커피문화로 확대되며 정착될 수 있었던 계기가 된 것이다.

한편 커피하우스에 대한 여성들의 출입을 금하며 차별을 하자 여성들은 자신들만의 커피문화를 만들어가기도 하였다. 바로 카페크렌첸Kaffeekranzchen이라 불리는 여성들의 사교모임이다.

　커피하우스에 들어가지 못했던 여성들은 자연스럽게 집에서 모여 커피를 즐기게 되었고, 이러한 모임에 '카페크렌첸'이라는 명칭을 붙이게 된 것이다. 이러한 '카페크렌첸'은 영국 사교클럽의 원조 격이라고 할 수 있다. 그들은 케이크를 곁들여 커피를 즐기며 수다를 떨거나 바느질을 하기도 하고, 지인들을 집으로 초대해 커피와 다과를 나누며 담소를 즐겼다. 그리고 이 무렵 남성들에 의해 생겨난 용어가 현재까지도 통용되고 있는데 카페클라치(Kaffeeklatsch: 커피 파티에서 여자들이 이야기하는 가십이나 스캔들을 의미)와 카페슈베스터(Kaffeeschwester: 가십이나 스캔들을 좋아하는 사람들을 낮춰 부르는 용어)가 그것이다. 이처럼 남성들은 여성들이 커피를 마시는 것에 대해 부정적인 시선을 가지고 차별을 하였다. 하지만 재미있는 것은, 이러한 차별로 인해 여성들끼리 커피를 마시는 계기가 만들어졌고, 이로 인해 커피문화가 더욱 발전할 수 있었다는 점이다.

작은 시선

멜리타 드리퍼Melitta Dripper는 최초의 드리퍼로, 1908년 독일 드레스덴Dresden 출신의 가정주부 프라우 멜리타 벤츠Frau Melitta Bentz에 의해 개발되어 지금까지 이어져오고 있다. 이

멜리타 드리퍼를 통해 전 세계적으로 가장 많이 이용하는 드립방식의 커피가 탄생하였다.

당시에는 커피를 마시려면 곱게 간 커피가루에 물을 섞어서 물만 걸러내는 방식을 사용하였다. 멜리타는 이렇게 커피를 마실 때마다 생기는 커피 찌꺼기 때문에 불편함을 느꼈다. 그녀는 아들의 공책 앞장을 뜯어서 구멍이 뚫린 놋그릇 위에 올려놓고 커피를 내리는 최초의 커피 필터 아이디어를 고안해냈다. 멜리타는 이 아이디어를 실용화하여 1937년에 추출구가 8개인 원추형의 기구를 탄생시켰고, 1960년대에 출구가 하나인 현재의 멜리타 드리퍼가 완성되었다. 멜리타 드리퍼는 향후 칼리타Kalita, 하리오Hario, 고노Kono 등에서 드리퍼를 개발하고 지금까지 페이퍼드립Paper Drip을 통해 핸드드립Hand Drip을 즐길 수 있게 했다는 점에 큰 의의가 있다.

핸드드립은 앞서 커피의 'Fusion' 부분에서 커피 추출법에 대해 설명하면서 이야기한 바 있다. 필터에 커피가루를 넣고 뜨거운 물을 부어 커피를 추출하는 방법으로, 크게 페이퍼드립과 융드립Flannel Drip으로 나뉜다. 융드립은 말 그대로 종이가 아닌 천으로 만든 여과지를 사용하는 방법으로 진하고 부드러운 커피를 추출할 수 있다. 반면 페이퍼드립은 종이로 만든 여과지를 사용하는데 주로 깔끔한 맛의 커피를 추출할 수 있다. 대표적인 드리퍼로는 앞에서 언급했던 멜리타 드리퍼, 칼리타 드리퍼, 하리오 드리퍼, 고노 드리퍼가 있다.

칼리타 드리퍼Kalita Dripper는 멜리타 드리퍼와 모양이 비슷한데, 많은 사람들이 핸드드립에 입문할 때 사용하는 드리퍼이기도 하다. 멜리타 드리퍼에 비해 조금 더 깔끔하고 산뜻한 맛의 커피를 추출할 수 있고, 3개의 구멍으로 인해 다른 드리퍼들보다 물 빠짐이 용이하여 물줄기 조절이 서툰 초보자들에게 적합하기 때문이다.

하리오 드리퍼Hario Dripper는 일본 전통의 유리전문업체인 '하리오'에서 생산한 제품이다. 멜리타 드리퍼 및 칼리타 드리퍼와 다른 점은 큰 원형의 구멍이 있어 물 빠짐이 빠르다는 점이다. 미국에서 불고 있는 핸드드립 커피 열풍의 중심에 있는 것도 하리오 드리퍼이다.

고도 드리퍼Kono Dripper는 일본 '커피&사이폰 사'의 고노 마사노부 대표가 개발했는데, 점 드립이라는 별칭을 가지고 있다. 칼리타 드리퍼와 달리 처음 물을 따를 때 한두 방울씩 나누어 떨어뜨리면서 커피의 중심부터 전체를 젖게 하는 방식이다.

아울러 최근 로스터리 카페와 커피 마니아들 사이에서 유행되고 있는 기구 중에는 케맥스 드리퍼 Chemex Dripper가 있다. 1941년 독일의 화학자 피터 슐룸봄Peter Schlumbohm에 의해 발명된 추출기구로, 세련된 디자인과 더불어 과학이 적용되어 현세기의 완벽한 제품 중 하나로 평가 받을 만큼 큰 인기를 얻고 있다.

Chemex Dripper

불편함을 해결하고자 시작된 작은 아이디어 하나가 커피의 세계에 큰 바람을 일으키고 있다는 점이 매력적이지 않은가? 정말이지, 아이디어라는 것은 한순간에 세상을 바꿀 수 있을 만큼 강력하지만 그 시작은 아주 작은 부분에서부터 이루어진다는 것을 다시금 느낄 수 있다.

여성, 사랑, 그리고 커피

브라질은 연평균 2,000만 포대(1포대=약 60kg)의 커피를 생산하며 예부터 세계 제일의 커피 생산국이자 수출국으로 굳건히 자리매김하고 있는 나라이다. 브라질의 커피 역사는 1727년, 포르투갈의 식민통치를 받고 있던 시절에 시작되었다. 당시 브라질은 커피 묘목이 없어 커피시장에 발을 들여놓고 싶어도 그럴 수 없는 상황이었다. 커피 경작에 더없이 좋은 기후

조건을 갖고 있던 현재의 가이아나Guyana, 푸에르토리코Puerto Rico, 아이티Haiti 등 중미지역에서는 이미 네덜란드 인들과 프랑스 인들에 의해 커피 경작이 한창이었지만, 이 지역에서 커피 묘목과 종자의 국외유출은 엄격히 단속되고 있었기 때문이다.

그때 브라질에 기회가 찾아왔다. 네덜란드와 프랑스의 식민지 사이에 국경분쟁이 발발하자 포르투갈령 브라질 총독은 이러한 국경문제를 해결하기 위해 팔레타Francisco de Mello Palheta라는 젊은 장교를 프랑스령 가이아나에 파견하기로 하였다. 팔레타의 임무는 표면상으로는 국경분쟁을 협의한다는 것이었지만 실질적으로는 커피 종자를 훔치는 것이었다. 가이아나에 도착한 팔레타는 요새와도 같은 커피농장에서 직접 커피 묘목을 훔쳐내는 것은 불가능하고 판단하고 계획을 수정하였다. 잘생기고 정열적인 매력을 가지고 있던 팔레타는 프랑스령 가이아나 총독의 신임을 얻으며 아울러 자신의 매력으로 총독의 아내에게 접근하여 그녀를 유혹하는 데 성공하였다.

젊은 이방인인 팔레타와 사랑에 빠진 총독의 아내는 팔레타를 저녁 만찬장에 초대하여 그와 사랑을 나눈 후 연정의 표시로 남몰래 커피싹이 둘러진 꽃다발을 건넸고, 팔레타는 커피 묘목을 무사히 브라질로 들여올 수 있었다. 이 커피 묘목은 아마존 강가의 '벨렝 드 파라'에 심어졌고, 이것이 브라질 최초의 커피 묘목이 되었다. 세월이 지나면서 지금의 커피 재배 중심부인 상파울루São Paulo의 고원까지 커피나무가 퍼져 나갔고, 사탕수수를 재배하여 설탕 수출로 세계시장에 알려져 있던 브라질은 서서히 커피 왕국으로 발돋움할 수 있게 되었다.

또한 팔레타를 사랑한 여인의 도움으로 시작된 브라질 커피는 지금까지도 브라질만의 독특한 커피 문화를 만들어내고 있다. 브라질에서의 일상은 커피에서 시작하여 커피로 끝난다고 말할 정도로 밀접하다.

브라질에서는 아침 식사를 '카페 다 마냥Café de manha'이라고 하는데, 이는 '모닝커피'라는 뜻이다. 브라질 사람들은 아침에 눈을 뜨자마자 가장 먼저 커피를 마시는데, 이때 커피를 마시기 위해 빵을 곁들여 먹었고 이것이 아침식사 대용이 되었다. 때문에 자연스럽게 브라질에서는 '모닝커피'와 '아침식사'가 같은 말이 된 것이다.

길에서 친구를 만나면 브라질 사람들이 건네는 인사는 의례 "커피 한잔 하자Vamos tomar um cafezinho"이다. 그리고 자연스럽게 근처 커피바로 가서 담소를 나누며 커피를 즐기는 것이 그들에게는 일상인 것이다. 이는 직장과 학교에서도 마찬가지인데, '커피를 한잔 마신다'라는 것은 짧은 시간의 '휴식과 여유'를 의미한다. 이렇듯 브라질과 커피는 떼려야 뗄 수 없을 정도로 국민들의 일상부터 국가 전체에까지 크고 작은 영향을 미치고 있다. 이 시작이 한 남자를 향한 여인의 사랑에서 시작되었다니, 동양고금을 불문하고 '사랑'이란 참으로 중요한 역사적 요소가 되는 듯하다.

3) 3F–Feeling

3F의 마지막은 Feeling이다. 이것은 '감성'으로 이해할 수 있다. 21세기는 '감성'의 시대이다. 마케팅에 있어서도 단순히 고객들에게 '체험'을 통한 경험 전달보다는 감성적 경험이 더 큰 효과를 준다는 점에 초점을 두고 있다. 상대방의 '감성'을 자극하지 못한다면 설득과 공감을 이끌어낼 수 없기 때문이다. 따라서 21세기에 필요로 하는 경쟁력에서도 '감성'을 중요한 키워드로 삼고 있다.

커피가 긴 역사 속에서 지금까지도 전 세계 수많은 사람들에게 사랑을 받을 수 있었던 것도 커피가 '감성'의 음료이기 때문이다. 특히나 커피에 대한 예술가들의 전폭적인 사랑과 지지는 유럽에서 커피하우스가 꽃필 수 있는 토대가 되었다.

예술가의 커피

르네상스 시대에 들어서면서 커피는 유럽인들에게 중요한 요소가 되었다. 특히나 이교도의 음료로 불리며 억압받았던 커피가 르네상스 시대에는 오히려 예술의 대상으로 여겨졌고, 결정적으로 교황 클레멘스 8세가 내린 세례로 유럽 전역에서 커피하우스가 생겨나며 인기가 확산되어 갔다. 자연스럽게 커피하우스의 초기 손님들은 대개 화가, 음악가, 작가 등과 같은 예술가들이었다. 좀 더 시간이 흘러 근대사상이 피어나고 혁명의 시대가 닥쳐오면서는 사상가, 정치가, 문학가들이 모여들여 밤이 깊도록 커피 향으로 가득한 커피하우스에서 현실을 비판하기도 하고 새로운 이상을 구상하기도 하며 혁명을 모의하였다. 말 그대로 커피하우스는 유럽 역사의 또 다른 한 부분이었던 것이다.

유럽 최초의 커피하우스는 1645년 이탈리아 베네치아에 문을 열었다. 런던에서는 1650년에 최초의 커피하우스가 등장하였다. 옥스퍼드 대학교 내에 위치하고 있던 커피하우스에서는 당시 커피 한 잔을 1페니penny에 판매하여 'Penny Universities'라고 칭하였다.

그리고 현존하고 있는 가장 오래된 카페는 1720년 문을 연 '카페 플로리안Café Florian'으로, 지금도 옛 모습 그대로 커피를 사랑하는 사람들을 맞아주고 있다. 이 카페는 베네치아의 랜드마크인 산마르코 성당 앞의 아케이드 안에 자리 잡고 있는데, 베네치아를 찾는 전 세계 관광객들이 꼭 한 번 방문하고 싶어 하는 곳이다. 나 또한 이곳을 방문했었는데, 당시 호텔에서 만난 덴마크 여성으로부터 에스프레소 한 잔에 3만 원이나 하는, 가서는 안 되는 카페라는 이야기를 들었다. 과거 예술인들이 사랑했던 카페가 지금은 관광지가 되어 여행객들에게 비싼 커피를 파는 곳으로 인식되어 있는 것이다.

하지만 카페 플로리안에 갔을 때, 그곳에서 과거의 예술가들과 함께 커피를 마시는 듯한 느낌을 받으며 너무나 행복했다. 카페 플로리안의 단골 중에는 희대의 바람둥이였던 카사노바도 있었는데, 풍기문란 죄로 감옥에 갇혀 있다 탈출한 카사노바가 가장 먼저 찾은 곳으로도 유명하다. 카페 플로리안의 에스프레소 맛을 잊지 못해서였다고 한다. 그래서일까, 카페 플로리안의 단골 중에는 우리가 익히 알고 있는 예술가들도 많다.

18세기 프랑스의 사상가이자 소설가로 프랑스 낭만주의 문학의 선구적 역할을 했던 루소Jean Jacques Rousseau, 1712~1778도 카페 플로리안의 단골이었다. 그는 베네치아에 머물던 1년 동안 매일 카페 플로리안을 찾을 정도로 깊은 애정을 보였다. 또한 독일문학의 거장으로 불리는 괴테Johann Wolfgang von Goethe, 1749~1832도 카페 플로리안의 단골이었다. 1786년 9월 3일을 시작으로 3년의 여행 기간 동안에 쓴 『이탈리아 기행Italianische Reise, 1829』은 괴테가 카페 플로리안에서 썼다고 해도 과언이 아닐 만큼 그가 이탈리아에 머무는 동안 많은 시간을 보낸 곳이다.

커피광으로 알려져 있는 나폴레옹Napoleon Bonaparte, 1769~1821 또한 카페 플로리안과 밀접한 관계를 가지고 있다. 나폴레옹이 커피광으로 알려진 것은 그가 장교 시절 프랑스

coffee bean

파리 최초의 카페 르 프로코프Le Procope에서 커피 값이 모자라자 자신이 쓰고 있던 삼각 모자를 맡기고 커피를 마셨던 일화에서 비롯되었다. 이런 그가 베네치아에 입성해 가장 먼저 찾은 곳이 바로 카페 플로리안이었고, 그곳에서 커피를 마시며 산마르코 광장을 빗대어 '세계에서 가장 아름다운 응접실'이라 칭하였다. 후에 대성당이 마주 보이는 광장 반대쪽에 자신의 궁전을 지을 정도였으니, 그가 커피와 함께 베네치아의 산마르코 광장을 얼마나 사랑했는지 알 수 있다.

이 외에도 영국의 낭만파 시인 바이런Baron Byron, 1788~1824과 독일의 작곡가 바그너Wilhelm Richard Wagner, 1813~1883도 카페 플로리안에서 그들의 예술성을 커피와 함께 키워 나갔다.

아울러 바그너의 열성적인 지지자이기도 했던 독일의 철학자 니체Friedrich Wilhelm Nietzsche, 1844~1900 또한 카페 플로리안에서 커피를 즐겼던 사람이다.

카페 플로리안 외에도 예술가들의 사랑을 받았던 커피하우스는 프랑스 파리 생제르맹 데 프레Saint-Germain des pres에

1686년 문을 연 '르 프로코프Le Procope'가 있다.

'르 프로코프'는 커피를 하루에 40잔씩 마셨다고 전해지는 프랑스 작가 볼테르Voltaire, 1694~1778와 프랑스에서 가장 대중적이며 유명한 작가이자 시인인 위고Victor Marie Hugo, 1802~1885 등 프랑스의 대문호들이 즐겨 찾던 곳이다.

미국의 정치가이자 인쇄업자, 출판인, 발명가와 같이 다양한 일을 해왔던 프랭클린Benjamin Franklin, 1706~1790이 장래의 미국 헌법을 구상했던 곳도 '르 프로코프'이다.

현재는 커피하우스에서 레스토랑으로 업종을 바꾸어 운영하고 있지만, 아직도 수많은 사람들이 과거 예술가들과의 자취를 느끼고자 찾아오고 있다.

오스트리아의 비엔나에도 예술가들의 자취를 느낄 수 있는 커피하우스들이 있는데, 음악의 중심지인 비엔나인 만큼 음악가들과 관련된 커피하우스들이 있다.

모차르트Wolfgang Amadeus Mozart, 1756~1791가 자주 방문했다고 하는 아이스보켈Eisvogel, 직접 원두를 그라인딩 할 수 있었다는 슈베르트Franz Peter Schubert, 1797~1828의 단골 커피하우스 보그너Bogner, 베토벤Ludwig van Beethoven, 1770~1827이 직접 연주를 하곤 했다는 푸라우엔후베르Frauenhuber가 그곳이다.

이렇게 수많은 예술가들이 커피하우스에서 보내는 시간을 즐기며 커피를 사랑했던 이유는 커피가 감성을 자극할 수 있는 음료였기 때문이라 생각한다. 특히 베토벤은 '운명'을 작곡할 당시 아침식사로 한 잔에 60알의 원두를 넣어 분쇄한 커피만 마셨다고 한다. 그는 "나는 아침식사에 나의 벗을 한 번도 빠트린 적이 없다. 나의 벗인 커피를 빼놓고서는 어떠한 것도 좋을 수가 없다. 한 잔의 커피를 만드는 원두는 나에게 60가지의 영감을 준다."라고 이야기할 만큼 커피에 깊은 애정을 보였다. 베토벤은 자신만의 방식으로 직접 60개의 원두 알을 세어 커피를 만들어 마셨고, 혹 손님이 방문했을 때에는 손님 수에 맞추어 1인당 60개의 원두 양을 지켜가며 커피를 대접했다고 한다.

이렇듯 커피는 혼자 사색에 잠길 수 있도록 해주는가 하면 대화를 하는 데 있어 매개체가 되기도 하므로 예술가들의 사랑을 받을 수 있었다. 특히나 커피하우스는 각자 자신만의 생각에 잠겨 있더라도 함께 비슷한 감성을 느끼게 하는 매력을 가지고 있는 공간이다. 지금도 많은 사람들이 각자의 시간을 보내기 위해 카페를 찾는 이유도 이와 비슷하지 않을까.

퇴폐적? 감성적? 다방문화

다방茶房의 사전적 의미를 보면 '여러 가지 차 또는 음료수를 파는 장소'라 정의하고 있다. 유럽에 '커피하우스'가 있었다면 우리에게는 '다방'이 존재하였다. 우리나라에 커피가 전래된 것은 19세기 후반으로, 가배차珈琲茶·가비차加比茶 또는 양탕洋湯이라고 불리며 서양 외교사절을 통해 커피를 마시는 풍속이 유행되게 되었고, 고종을 비롯한 당시 상류층 개화파 인사들에게 퍼져 나갔다.

근대적인 모습의 다방은 3·1운동 직후부터 등장하지만, 개항 직후 외국인에 의해 인천에 세워진 대불호텔과 슈트워드호텔의 부속다방이 우리나라 다방의 선구가 되었다고 알려져 있다. 이후 1923년 명동의 '후타미(二見)'와 충무로의 '금강산'이라는 일본인 소유의 다방이 생겨났고, 1927년에는 이경손이 관훈동 입구에 '카카듀'라는 다방을 개업하였다. 이경손은 우리나라 최초의 영화감독으로 '춘희', '장한몽' 등의 영화를 제작하였다. 당시 이경손은 '카카듀'에서 직접 차를 끓여 손님들에게 대접했다고 한다.

이렇듯 우리나라의 다방은 예술인들을 시작으로 생겨나게 되었는데, 1929년 종로2가 조선중앙기독교청년회YMCA 회관 근처에 오픈한 '멕시코다방' 또한 배우 김용규와 심영이 주인이었다. 나아가 의자와 테이블을 비롯하여 실내장식을 화가, 사진작가, 무대장치가 등이 합작으로 이루어내면서 다방이 마치 예술인들의 종합작품과 같았다는 것도 눈여겨볼 점이다.

우리가 잘 알고 있는 천재 시인 '이상'도 다방사업에 관여를 했는데, 실내공사만 했었던 '식스나인', 부인과 함께 개업했던

'제비', 인사동의 '쓰루', 직접 설계했던 '무기' 등이 그의 손길이 닿아 있는 다방들이다. 이런 이상의 다방에 대한 관심은 배우, 화가, 음악가, 문인 등에 의해 다방이 늘어나는 계기가 되었다. 이들은 각자 특색을 내세우며 종로, 충무로, 명동, 소공동 등에 다방문화를 꽃피워갔다. 이 중에는 매주 정규음악회를 여는 것으로 유명세를 떨친 '휘가로', 서울역 앞 이별의 장소로 알려진 '돌체' 등이 있다. 모두 다방문화의 선도자들이었다.

유럽의 커피하우스가 예술가들의 감성을 아우르는 장소였던 것과 같이 우리의 다방도 차를 마시고 쉬는 곳을 넘어 종합예술의 공간이 되기도 했는데, 그림 전시회, 문학의 밤, 영화의 밤, 출판기념회, 강습회 등과 같은 문화활동이 다방에서 이루어진 것이다. 가난하지만 순수하고 높은 예술성을 간직했던 당대의 예술가들은 다방이 있던 명동거리로 모이게 되었고, 당시 명동거리는 우리나라 문화예술의 중심지가 되었다.

그러나 1970년대에 이르러 다방은 기존의 역할보다는 교제를 위한 공간으로 변모하였고, 상업적으로 변신한 다방들은 경쟁에서 살아남기 위해 다소 퇴폐적인 분위기까지 연출하여 사회적 질타를 받기도 하였다. 그리고 지금은 이러한 다방들을 찾아보기 쉽지 않다. 다양한 커피전문점들이 생겨나며 새로운 커피 문화가 만들어지고 있기 때문이다. 이러한 시대 흐

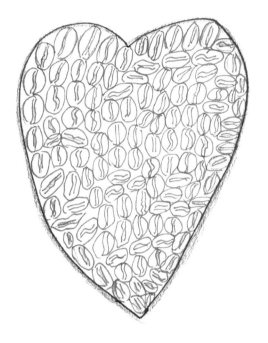

Love with Coffee Bean

름 속에서도 아직까지 한국의 다방문화를 간직하고 있는 곳이 있다. 전주 경원동 동문로에 위치한 삼양다방이다.

지금은 한산한 이 지역은 과거에는 전북도청을 비롯하여 법원, 우체국, 경찰서 등 관공서가 모여 있던 번화가였다. 1952년 개업하여 65년이 넘는 시간 동안 그 자리를 지키고 있는 삼양다방은 영화나 드라마에서나 볼 수 있을 법한 1960~70년대 다방 모습을 고스란히 가지고 있다. 삼양다방은 1990년대까지만 해도 지역 문인이나 화가 등 예술인들의 공간이 되어 주었다고 한다. 그러다 커피문화의 중심이 커피전문점으로 옮겨가면서 2013년 문을 닫을 위기에 처하게 되었다가 전주지역 문화예술인들의 노력으로 다시 문을 열어 지금까지 유지되고 있다.

유럽의 초기 커피하우스들이 아직까지도 그 명성을 유지하며 역사를 이어가고 있는데 반해 우리의 다방문화는 이제 과거 속에서만 존재한다는 점이 너무나도 아쉽고 안타깝다. 이에 다방문화를 고수하면서도 새로운 매력을 느낄 수 있도록 운영하고 있는 다방들도 있다. 광주광역시에 위치한 '남선다실'이 그 예이다. 남선다실은 주인이 여러 차례 바뀌었지만 광주에 현존하는 가장 오래된 다방이다. 남선다실은 다방이지만 커피와 차 외에도 새알깨죽, 새알호박죽 등의 음식으로도 유명하다. 1960~70년대 다방의 전형적인 모습을 하고 있으면서도 차와 커피만을 팔던 것에서 탈피하여 새롭게 음식메뉴를 더해 사람들의 발길을 끌고 있는 것이다.

한편, 지역 예술과 접목하는 방법으로 다방문화를 지켜가고 있는 곳도 있다. 바로 대전 대흥동에 위치한 '산호다방'이다. 과거 예술인들이 모여 들었던 이 일대에는 지금도 골목 구석구석에 갤러리, 소극장 등이 들어서 있다. 그 속에 산호다방이 위치하고 있는데, 옛날 커피맛을 50년간 고수해 오면서 종종 창작 프로젝트인 '원도심 프로젝트'의 일환이 되기도 하고 있다. 이렇듯 문화와 예술이 공존했던 우리의 다방문화를 현재로 이어오면서 자연스럽게 다방문화를 지켜가고 있는 것이다. 현재의 커피전문점들과는 또 다른 매력을 가지고 있는 다방이 앞으로 새롭고도 다양한 변신을 통해 그 명성을 이어갈 수 있기를 바란다.

위로의 커피

커피는 역사 속에서, 그리고 현대의 세계 문화 속에서 '환영'과 '환대'의 의미를 내포하는 경우가 많다. 앞에서 보았던 '커피 세리머니'는 손님의 축복을 비는 환영의 의미가 있고, '커피 브레이크Coffee Break'는 잠깐의 휴식을 의미하기도 한다. 아울러 커피는 서로의 슬픔을 위로하는 의미도 가지고 있어서, 보스니아Bosnia and Herzegovina에서는 우리가 죽은 이들을 추모하기 위해 술을 따라 놓는 것과 같이 커피를 따라 놓는다. 또한 죽음으로 인한 슬픔을 가지고 있는 사람에게 커피를 권하며 슬픔을 나누고자 하는 마음을 전하기도 한다.

이러한 풍습을 바탕으로 보스니아 출신의 아티스트 아이다 세호빅Aida Sehovic은 공공 모뉴먼트Public Monument를 진행하였다. 바로 'Sto te nema?(Where are you not Here?)'이다. 이는 보스니아 내전으로 희생된 무슬림계 8,000여 명을 추모하기 위해 진행된 모뉴먼트이다. 모뉴먼트Monument는 어떤 사건이나 일, 인물 등을 기억하고 기념하기 위한 목적으로 제작된 일종의 공공 조형물 일반을 총칭하는 용어로 특정 장소에 관련된 역사적, 종교적 사건을 전달하기 위해 제작된다.

아이다는 '보스니아 내전'에 대한 모뉴먼트로 커피를 활용하였다. 보스니아 내전1992~1995년으로 스레브레니차Srebrenica에서 무슬림계 주민 8,000여 명이 학살당하는 일이 벌어졌는데, '스레브레니차 학살'로 불리는 이 사건은 제2차 세계대전 이후 최악의 학살로 불린다. 그녀는 스레브레니차에서 학살당한 8,000여 명에 해당하는 잔을 준비하고 사람들의 잔에 커피를 따라주며 바닥에 잔을 놓음으로써 하나의 모뉴먼트를 완성하였다. 보스니아 지역에서 커피로 슬픔을 위로하던 풍습을 예술과 접목시켜 추모식을 열었던 것이다. 이렇듯 커피는 사람의 감성을 자극하기도 하고, 커피를 통해 상대방의 감성을 아우르기도 하는 매력을 가지고 있다.

　아울러 페이스북을 통해 소개되어 많은 사람들이 동참하고 있는 '서스펜디드 커피Suspended Coffee' 프로젝트도 어려운 사람들을 배려하는 위로의 커피이다. 서스펜디드 커피는 100여 년 전 이탈리아 나폴리 지방에서 시작된 '카페 소스페소Caffe Sospeso'에서 출발하였다. 경제적으로 잘사는 사람보다 못사는 사람들이 많던 시절, 커피를 마시기 위해 카페에 온 사람들이 자신이 마시는 커피값 외에 미리 한 잔의 커피값을 지불하면, 한 잔의 커피를 사 마실 형편도 되지 않을 정도로 주머니 사정이 좋지 않은 사람 누구나가 무료로 커피를 마실 수 있도록 하는 운동이다. 현재는 유럽을 비롯하여 미국, 영국, 캐나다, 호주 등 전 세계 주요 도시로 이 서스펜디드 커피가 확산되어 불가리아에서는 이미 150여 개 이상의 카페가 이 전통을 본뜬 운동에 참여하고 있다. 기부하는 사람과 받는 사람이 절대 만날 일이 없는 이 운동은, 커피를 통해 한 번도 본 적이 없는 사람을 위로할 수 있는 뜻있는 운동이다.

　이밖에도 마케팅의 일환이지만 그 취지가 커피로 위안을 주고, 나눔을 실천하는 커피가 있다. 바로 탐스로스팅Tom's Roasting이다. 우리에게 탐스는 신발브랜드로 인식되어 있다. 그런데 최근 유럽과 미국에서만 운영해 오던, 신발가게와 카페가 혼합된 탐스 편집샵인 '탐스로스팅'이 우리나라에도 등장하였다. 탐스슈즈는 2006년 블레이크 마이코스키Blake Mycoskie가 출시한 신발 브랜드로, 소비자가 한 켤레의 신발을 구입하면 한 켤레의 신발을 제3세계 어린이들에게 기부하는 '1 대 1 기부 공식One for One'을 도입하여 세계적으로 사랑받는 브랜드가 되었다. 탐스슈즈는 이런 1 대 1 기부공식을 커피에도 적용했는데 바로 탐스로스팅이다.

탐스로스팅은 원두 한 팩이 소비될 때마다 물 부족을 겪고 있는 빈민층에게 일주일간 사용할 수 있는 140리터의 물을 전달하는 캠페인을 진행하고 있다. 현재 국내에서는 신세계 스타필드에 공식 1호 매장의 오픈을 시작으로 순차적으로 늘릴 계획에 있다고 한다. 커피를 통해 나눔을 실천하는 탐스로스팅, 누군가는 그곳에서 탐스슈즈의 색다른 브랜드를 경험할 것이고, 누군가는 기부를 통한 착한 소비를 할 것이다. 그 자체만으로 탐스로스팅은 그곳을 방문한 소비자들에게 위로의 커피가 되어 주는 것이다.

커피를 통해 위로를 받게 되는 사례로는, 원래의 의도와는 다르지만 결과적으로는 커피를 통해 휴식과 위로의 시간을 갖게 한 '커피 브레이크Coffee Break'도 있다. 흔히들 바쁜 시간 속에서 잠깐의 휴식을 가질 때 '커피 브레이크'를 갖자고 이야기한다. 잠시 하던 일을 멈추고 한 잔의 커피를 마시며 몸도 마음도 위로를 받는 시간인데, 이런 '커피 브레이크'가 처음 시작된 곳은 1921년 미국에서였다. 당시 커피 판매량을 늘리기 위한 방법으로 미국의 합동 커피 홍보위원회에서 생각해낸 묘안으로 진행된 '커피 브레이크 타임' 캠페인이 바로 지금의 '커피 브레이크'가 된 것이다.

"오후 4시를 전후해서 하던 일을 멈추고 커피를 마신다!"라는 광고 문구를 바탕으로 3년이라는 시간에 걸쳐 지속적으로 캠페인을 전개한 결과, 당시 공장을 비롯한 일터에서는 오후 4시가 되면 자연스럽게 커피를 마시는 휴식 시간을 갖게 되었다. 커피의 판매를 늘리기 위한 광고였지만 결과적으로 노동자들의 고단함을 위로하는 시간을 제공한 커피 브레이크, 현재까지도 잠시 휴식을 가지며 서로의 지친 몸을 위로하는 방법이 되고 있다.

이처럼 커피 한 잔은 단순히 마시고 끝나는 기호식품이 아닌, 서로의 지친 마음과 몸까지도 위로해줄 수 있는 감성의 음료인 것이다.

4) 커피토크 Coffee+Talk, 인문르네상스를 열다

2011년 12월 최초로 '커피토크Coffee+Talk'를 시작한 후 많은 기업과 대학에서 '커피토크'에 대한 강연 의뢰를 받았다. 한편 일부에서는 브랜드마케팅과 아이디어를 전문으로 강의해왔던 내가 '커피'에 대한 강의를 한다는 것에 의구심을 가지기도 했다. 이전에는 없었던 커피라는 주제로 어떤 강의를 할 것인지, 즉 커피에 대해 어떤 이야기를 할까의 궁금함을 넘어 과연 커피로 강의를 할 수 있는지에 대해 의구심을 가졌던 것이다. 이는 '커피'를 대중적인 음료이자 식품으로, 단순히 마시는 즐거움이 전부라고 생각했기 때문에 가지는 의문이었다. 그러나 커피는 진화를 거듭하는 유기적인 분야이다. 또한 범세계적으로 커피는 역사, 문화, 경제, 정치 등 모든 분야와 밀접한 관계를 가지고 있다. 아울러 역사적으로 보더라도 커피가 발달한 나라는 경제적인 발전을 함께 이루었을 만큼 깊은 관계성을 보인다.

미국의 경제학자 피터 나바로Peter Navarro의 저서 『브라질에 비가 내리면 스타벅스 주식을 사라If it's raining Brazil, buy Starbucks』를 보아도 커피는 음료 그 이상이라는 것을 알 수 있다. 경제와 정치의 '나비효과(Butterfly Effect; 나비의 날갯짓처럼 작은 변화가 폭풍우와 같은 커다란 변화를 유발시키는 현상)'를 빗

댄 말이긴 하지만 '커피'라는 식품이 세계 경제에 영향을 미칠 수 있다는 점이 놀랍지 않은가. 나의 커피토크Coffee+Talk는 이렇게 '커피'와 연관되어 있는 다양한 분야에 대한 전반적인 고찰과 이해를 돕는 강의이다. 지금은 커피토크가 아이디어 탐방과 접목되기도 한다. 홍대 앞의 인기 커피숍인 탭플레이에 40여 명이 모여 커피와 모히토를 마시면서 홍대 거리에서 아이디어를 탐문하고 찾아다니는 아이디어 탐방으로 이어지고 있는 것이다.

언젠가부터 문학, 역사, 철학으로 대변되는 '인문학'의 바탕 위에 경영 및 마케팅을 접목시킨 책들과 강의가 넘쳐나고 있다. 모두들 인문학을 통해 새로운 시각과 사고를 갖게 한다는 것에 목표를 두고 있는데, 너무 세세하고 전문성을 필요로 하는 내용들이 많아서 사람들이 접근하기가 쉽지 않다. 이에 나는 '인문학'의 새로운 분야로 '커피'를 선택하였다.

앞서 3F를 통해 이야기했듯이 '커피'가 가지고 있는 다양한 이야기들은 현재를 살고 미래를 살아갈 우리들에게 지금까지와는 다른 시각을 갖게 한다. 특히나 '커피'는 전 세계에서 공통적으로 받아들여지고 있는 대중성이 있기에 글로벌적인 사고를 가질 수 있도록 한다. 아울러 '커피'는 끊임없이 진화하고 있다. 커피를 중심으로 시장이 형성되고 그 속으로 다양한 사람들이 모여들면서 자연스럽게 진화를 하고 있는 것이다. 그

아이디어 탐방 모임(홍대 앞 탭플레이)

렇다면 커피야말로 미래지향적인 분야가 아니겠는가.

　'인문학의 시대'는 곧 '소통의 시대'로 대변된다. 이러한 '소통'에 있어 빼놓을 수 없는 것이 바로 '커피'이다. 옛날에 우리나라는 '차'를 중심으로 하는 소통의 나라였다. 차를 사이에 두고 대화를 나누던 것처럼 지금은 커피를 마시며 이야기를 나눈다. 또한 커피전문점에서 책을 읽거나 공부를 하는 모습이 자연스럽게 받아들여질 만큼 카페는 소통의 공간이 된 것이다. '소통'을 대변하는 것이 바로 이러한 '커피'이니, '소통의 시대'를 살아가고 있는 지금 '커피'를 따로 떼어놓고 생각할 수 없을 것이다.

　또한 인문학에 대한 새로운 변화의 바람을 일으킬 '커피'는 그야말로 '인문르네상스'를 일으킬 전대미문의 분야이다. 과거 유럽의 '르네상스 시대'에 예술이 발달했던 것처럼 이제는 인문학을 통해 문화, 예술, 디자인을 모두 아우를 수 있어야 할 것이다. 그리고 문화, 예술 등을 함께 이야기할 수 있는 키워드로는 '커피'만한 것이 없다. 단순히 '커피'라는 음료에 집중할 것이 아니라 그와 관련된 전체를 보는 것이 중요하다. 한 그루의 나무에만 집중하여 숲 전체를 볼 수 없다면 너무도 어리석은 일이다. '커피'를 통해 인문르네상스의 전체를 볼 수 있었으면 하는 바람을 가져본다.

Epilogue

Coffeeist커피스트로, 그리고 커피컨설턴트로 활동하면서 얻은 가장 큰 수확은 '커피'라는 매개체를 통해 새롭고 다양한 세계를 알 수 있게 되었다는 점이다. 참으로 다양한 사람들이 '커피'라는 공통분모를 가지고 함께 하고 있고, 아울러 서로 상생하며 공존하고 있었다. 국내뿐 아니라 국외에 이르기까지 많은 사람들과 인연을 맺을 수 있어서 너무나도 행복했다.

인스타그램, 페이스북, 트위터 등을 통해 무려 30년이라는 나이 차이가 무색할 만큼 젊은 친구들과 이야기를 나눌 수 있었던 것도 '커피' 덕분이었다. 미국의 시카고로 떠났던 여행에서 한 잔에 3달러 50센트나 하는 커피를 공짜로 맛볼 수 있었던 것도 커피를 사랑하는 사람이라는 공통점이 있었기에 가능했다. 또한 커피탐방을 위해 2012년 방문했던 이탈리아 루카Lucca의 'Pasticceria Pimelli'에서 만났던 여성 바리스타는, 같은 바리스타라는 이유만으로 나를 환대해주었고 이야기를 나눌 수 있는 시간도 내주었다. 2015년 베네치아 방문 중에 찾아간 '카페 디엠메'에서 에스프레소에 대해 새롭고 더 깊은 공부를 할 때는 너무나 행복한 시간이었다.

주변의 누구도 내가 처음 '커피'에 관심을 보였을 때 지금과 같은 성과를 얻어낼 수 있으리라 생각지 않았다. 오히려 지금까지 쌓아온 나의 전문성이 희석되지 않겠냐는 걱정과 우려를 보냈었다. 특히 우리나라에서는 내 나이 정도가 되면 자신이 전문으로 하고 있는 분야에서조차 더 이상 무언가에 도전한다는 것이 쉽지 않다. 도전의 기회도 적을 뿐더러 다른 이들에게 부담스러운 존재가 되곤 하기 때문이다. 이런 나에게 '커피'는 새롭게 무언가에 도전할 수 있도록 하였고, 도전을 통한 즐거움이 무엇인지 다시금 느낄 수 있게 해주었다.

아울러 이 책을 쓰는 것도 나에게는 새로운 도전이었다. 커피를 업으로 하면서 커피의 전문적인 이야기를 하는 것이 아니라, '커피'라는 매개체로 새로운 이야기를 하기 때문이다. 커피에 관심을 가지기 시작하면서 읽었던 수많은 책들과 각종 자료들, 그리고 많은 사람들을 만날 때마다 메모해 두었던 기록들을 한 권의 책으로 정리하며 커피에 대해 전혀 모르고 있는 사람일지라도 커피에 대해 쉽게 이해할 수 있기를 바랐다.

좀 더 해주고 싶었던 이야기들도 있고, 책의 흐름과 맞지 않아 차마 하지 못한 이야기들도 있지만, 최대한 내가 가지고 있는 정보를 쉽고 다양하게 전달하고자 하였다. 그렇지만 굳이 사람들이 커피의 세계에 입문하기를 바라는 마음으로 이야기를 풀어놓은 것은 아니다. 근본적으로는 누구든 자신의 삶에 있어 새로운 도전을 할 수 있는 무엇인가를 찾기를 바라는 마음으로 이 책을 썼다. 그것이 나처럼 '커피'일 수도 있고, 평소 관심을 가지고 있었지만 두려움으로 쉽사리 시작하지 못했던 그 무엇일 수도 있다. 다만 그 시작이 이 책을 통해서라면 더할 나위 없는 기쁨이고 보람일 것이다.

물론 내 이야기를 통해 커피에 대한 관심이 더욱 커져 나와 같은 '커피스트'가 되겠다고 한다면 두 팔 벌려 환영하는 바이다. '커피스트'는 나의 브랜드이기도 하지만 '커피를 사랑하는 모든 사람의 브랜드'이니 말이다. 나는 수많은 커피스트들이 생겨난다 해도 그들과 함께 향긋한 커피 한 잔을 나누며 또 다른 이야기를 나눌 준비가 되어 있다. 여러분도 준비가 되어 있는가? 새로운 세계로 향할 준비 말이다.

2017년 6월
저자 씀

커피스트 이장우 박사는 '아이디어 닥터(Idea Doctor)'라는 퍼스널브랜드로 기업에서 현장 중심의 자문과 강의를 하며 그 브랜드를 인정받고 있다. 아울러 맥주, 초콜릿, 치즈, 마카롱, 디저트, 피자, 차 등을 주제로 푸드 큐레이터로 활동하고 있다. 특히 커피를 사랑하고 커피를 통해 세상 스토리를 풀어가는 커피스트로서 미국 ABC 커피스쿨 바리스타 자격증을 취득하였고, 국내 큐그레이더 1호 서필훈 바리스타의 '커피리브레' 커핑교육 과정과 Illy caf 유디씨델라꼬레아 과정을 수료하였다.

이탈리아 베네치아의 카페 디엠메의 전통적인 에스프레소와 원두의 노하우를 체험하고, 미국의 6개 도시에 커피탐방을 다녀오기도 했다. KT 후원으로 '이장우 박사의 커피토크'를 진행했으며, MBC와 KBS 등의 커피 관련 프로그램에 출연하였다. 루소랩(Lusso Lab) 등 여러 커피 전문기업의 자문 및 코칭을 하였고, 커피를 주제로 기업 및 협회에서 강의하였으며, 현재 커피비평가협의회(CCA)의 고문으로 있다.

아이 러브 커피

초판 1쇄 인쇄 2017년 7월 3일 ┃ 초판 1쇄 발행 2017년 7월 10일
지은이 이장우 ┃ 펴낸이 김시열
펴낸곳 도서출판 자유문고
　　　(02832) 서울시 성북구 동소문로 67-1 성심빌딩 3층
　　　전화 (02) 2637-8988 ┃ 팩스 (02) 2676-9759
ISBN 978-89-7030-112-9　03810　값 13,800원
http://cafe.daum.net/jayumungo (도서출판 자유문고)